# 왜 공감해야
# 하나요?

# 왜 공감해야 하나요?

1판 1쇄 발행  2025. 2. 28
1판 2쇄 발행  2025. 4. 23

지은이 임성미 이홍명 위영화 이유미

발행인 강미선
편집 강미선  디자인 표지 ARIA 본문 윤미정
발행처 선스토리
등록 2019년 10월 29일 (제2019-000168호)

값은 뒤표지에 있습니다.
ISBN 979-11-987072-7-7 (43800)

이메일 sunstory2020@naver.com

매일 어김없이 떠올라 세상을 비추는 해처럼
선하고 이로운 이야기를 꾸준히 전합니다.

청소년을 위한
공감 문해력

# 왜 공감해야 하나요?

임성미 이홍명 위영화 이유미 지음

"공감 능력은 우리가 살아갈 힘이고 희망이다!"

독서 교육 전문가들이 뽑은 16편의 인문학 도서로 배우는 공감 문해력.
AI 시대를 살아갈 청소년에게 꼭 필요한 공감 상상력의 방법을 전하다!

선스토리

# 공감 능력은 살아갈
# 힘이고 희망이다

　몇 해 전 발레리나 강수진 님의 강연을 들은 적이 있습니다. 발레와 함께 살아온 감동적인 사연 중 귀에 쏙 들어오는 말이 있었습니다.

　"저는 책 읽기를 아주 좋아하는데, 오랫동안 읽어오면서 몸으로 분명하게 느끼게 된 것이 있습니다. 꾸준한 독서가 발레 연기에 큰 도움이 되었다는 사실입니다. 책 속 인물에게 공감하는 것이 발레 연기를 할 때 제가 맡은 역할에 더 깊이 젖어 들고 표현하게 된다는 걸 직관으로 느낍니다."

　강수진 님의 이런 체험은 그저 막연한 감응일 뿐일까요? 혹시 연극이나 발레에서 하는 연기 자체가 공감 능력을 키우는 것은 아닐까요? 아니면 독서가 독자의 공감과 감성으로 연결되는 것일까요? 어쩌면 이 세 가지 질문은 서로 다 그렇다는 답을 갖는지도 모릅니다. 실제로 연극이나 발레하는 배우는 자신이 맡은 역할의 내면 세계를 깊이 들여다보아야 합니다. 그리고 인물이 처한 상황과 처지, 동기와 믿음, 역사, 감정의 흐름을 살피고 그것을 연기로 표현합니다. 때로는 자신의 경험과 연극 속 인물이 경험한 것의 공통점을 찾아보고 공감하기도 합니다. 인물이 겪은 두려움, 짜증, 불안, 환희 등을 표현하기 위해 상상력을 동원하여 그 느낌을 공유하고자 노력합니다. 이런 노력이 배우로 하여금 진정성 있는 내면의 연기로 드러나게 하겠지요.

## 독서는 공감 연습을 위한 시뮬레이션

그러므로 배우가 연극 대본을 읽고 내용을 이해하는 것, 자신이 맡은 인물의 내면을 깊이 이해하는 것 그 자체가 읽기의 과정이고, 공감이라고 할 수 있습니다. 그런 읽기의 과정이 무대에서 연기로 표현되는 것입니다.

세계적인 뇌 과학자이면서 교육학자인 매리언 울프가 쓴 『다시, 책으로』에는 연극을 통해 변화된 한 소녀의 놀라운 이야기를 소개하고 있습니다. 어느 날 열세 살의 한 소녀가 셰익스피어 극단에 찾아옵니다. 그 소녀는 의사로부터 시한부 진단을 받은 상태였습니다. 소녀는 자신도 연극 단원이 되어 연기를 하고 싶다고 했고 극단은 그 소녀를 받아들였습니다. 얼마나 연극을 하고 싶었던지 소녀는 자신이 맡은 역할의 대사를 하루 만에 다 외울 정도였습니다. 연극 경험이 소녀를 어떻게 변화시켰을까요? 소녀는 죽지 않았으며, 몇 년 후 연극을 전공하는 대학생이 되었다고 합니다. 매리언 울프는 이를 두고 "읽기를 통해 타인의 마음으로 옮겨가는 체험" 즉 '공감'이 기적을 일으켰다고 말합니다.

심리학자이면서 신경과학자인 자밀 자키도 『공감은 지능이다』라는 책에서 흥미로운 사실을 알려줍니다. 우리가 이야기 속 인물에 공감하기 위해 상상할 때 우리 뇌는 잠시 시간에서 풀려나는 경험을 한다고 말합니다. 문학 작품 속 인물의 마음에 공감하면서 읽을 때 우리는 잠시 자신의 문제로부터 해방되어 정신적 여행을 떠난다는 것입니다.

이는 일종의 '뇌의 풀어주기 시스템'이 작동되는 순간입니다. 마치 인류의 조상들이 먼 옛날 아늑한 불가에 둘러앉아 서로 이야기를 들려주었을 때 느꼈던 기분이 그것입니다. 사람들은 자신을 넘어 경험하지 않은 다른 차원의 이야기를 상상함으로써 자유를 느끼고 살아갈 힘을 얻습니다. 자밀 자키는 심지어 소시오패스도 공감 훈련을 통해 변화가 가능하다는 것을 실험을 통해 증명해 보였습니다.

많은 철학자와 심리학자들이 인간을 '이야기하는 동물', '서사적 동물'이라고 말하는 것도 그런 이유입니다. 이야기를 만들어내고 즐기는 능력은 단순한 오락을 넘어, 타인의 세계로 옮겨가게 하는 공감의 기술일 뿐만 아니라, 다른 삶을 상상하고 가능한 미래를 만들어내고 사람 사이를 연결해 주는 고리 역할을 해온 것이지요. 이런 의미에서 독서 경험은 공감 연습을 위한 시뮬레이션 과정입니다. 그러므로 열혈 독자가 책을 덜 읽는 독자들에 비해 공감 능력이 뛰어날 것이라고 기대하는 것은 당연합니다.

## 청소년은 좋은 관계를 맺는 방법을 배우고 싶어 합니다

코로나를 지나며 문해력에 대한 걱정이 커지면서 문해력을 키우자는 움직임이 강하게 일어나고 있습니다. 또한 코로나로 인한 격리가 장기화하면서 아이들의 공감 능력이 저하되었다는 주장도 설득력을 얻는 것 같습니다. 사실 엄밀하게 말하자면 문해력과 공감 능력은 서로 별개가 아니라 같은 의미라고 할 수 있습니다. 리터러시, 즉 문해력은 좋은 삶을 위한 역량이고 공감을 통해 타인과 더불어 살아가는 역량이기 때문입니다. 대부분의 교육학자가 인공지능 시대에 가장 필요한 역량으로 '협력'을 꼽는 것도 그런 이유일 것입니다.

우리의 문해력 교육이 공감 교육이 되어야 하는 이유를 매우 설득력 있게 말하고 있는 책으로 매튜 D. 리버먼이 쓴 『사회적 뇌 인류 성공의 비밀』이 있습니다. 심리학과 정신의학, 생물행동과학을 전공한 저자는 우리 인간의 뇌는 생각을 위해서만 설계된 것이 아니라, 사회적 연결을 위해서도 설계되었다고 주장합니다. 다른 사람들과 접촉하고 연결되고자 하는 뇌, 즉 사회적 뇌는 인류의 진화적 선택이고, 특히 '공감'은 이러한 사회적 연결에서 매우 중요한 심리적 동기입니다.

공감은 우리로 하여금 타인의 정서적인 내면세계를 이해하고 타인과 우리 관계를 이로운 방향으로 이끌도록 유도합니다. 공감은 타인의 고통을 감소시키고 타인의 행복을 함께 축하하려는 동기를 제공합니다. 이런 놀라운 일이 가능해지려면 타인을 관찰하고 모방하려는 노력, 타인의 감정을 읽어내는 의지적 작용, 나아가 타인의 감정과 정서적 일치를 느끼고, 대가 없이 도움을 주고, 보살피고자 하는 작용으로 이어져야 합니다.

그렇다면 이런 '공감의 작동'을 위해서 어떤 노력과 교육이 필요할까요? 저자가 제시한 여러 해법 가운데 가장 와 닿았던 점은 우리 교실에 공감을 위한 사회적 뇌를 도입해야 한다는 점입니다. 저자가 보기에 많은 교육자가 '교육 전쟁'에서 실패하고 있는 까닭은 청소년들이 사회적 세계에 정신이 팔렸기 때문입니다. 다시 말하면 청소년들은 가족, 선생님, 친구들, 이 세상과 좋은 관계를 맺는 방법을 배우고 싶어 합니다.

그런데 우리 교육은 학생들에게 교실에 들어올 때는 "사회적 뇌를 꺼주세요! 이젠 공부할 시간이니까요"라고 말합니다. 이런 행위는 저자가 신랄하게 말한 대로 허기진 사람에게 식욕을 꺼달라고 말하는 것입니다. 따라서 해결책은 저자의 제안대로 사회적 뇌를 수업 시간의 적으로 간주하는 대신에 그것을 배움의 과정으로 참여시키는 것입니다. 우리의 문해력 교육은 학생들이 우정을 위해 관계를 맺는 것, 친구들의 호감을 얻는 데 관심을 기울이는 것, 소속감을 느끼고 적절한 사회적 보상이 이루어지는 것, 공감과 긍정적인 정서 표현이 활발한 곳이 되도록 해야 한다는 것입니다. 즉 공감이 활발하게 이루어지도록 장려하고 조성하는 교육, 공감 교육이 교육에서 가장 중요한 핵심입니다.

## 공감 능력을 위한 독서 교육의 중요성

이 책이 지향하는 것도 바로 책을 통한 공감 교육입니다. 이 책의 저자들은 20~30년 동안 독서교육 현장에서 청소년들과 다양한 책 읽기와 토론을 해왔습니다. 오랜 경험을 통해 '공감 교육'의 필요성을 강하게 느꼈고 그간의 경험과 고민, 생각을 모아 책으로 내놓게 되었습니다.

이 책은 총 네 장으로 구성되어 있습니다. 1장은 왜 공감을 해야 하는지에 초점을 맞추었습니다. 공감이 무엇이며, 왜 필요한지, 왜 중요한지를 책의 내용을 바탕으로 알아보았습니다. 특히 책 속에서 등장인물들이 어떤 과정을 통해 공감을 경험하고 이해하였는지를 살펴보았습니다. 공감을 연구한 학자들의 말과 지식을 통해 공감에 대한 올바른 개념도 소개하고 있습니다.

2장은 공감을 어떻게 배울 수 있는지에 대해 알아봅니다. 에세이와 소설을 통해 인물의 갈등 원인과 해결방법, 공감의 실패와 성공 등의 양상과 방법을 알아보고 좋은 관계를 위한 공감 방법을 소개할 것입니다. 또한 자신과 다른 처지의 사람들을 편견 없이 이해하고 수용할 수 있는 방법, 공감을 이끌어내는 웃음의 중요성, 공감적 소통의 방법 등도 소개합니다.

3장에서는 공감을 개인 간의 공감에서 사회적 공감으로 넓혀서 생각해봅니다. 우리 사회의 혐오와 차별 문제, 동물권, 기후환경, 난민 수용과 세계시민정신, 시험능력주의, 인공지능의 영향에 이르기까지 함께 살아가기 위해 이해하고 공감하며 실천해야 할 점들을 소개합니다.

4장은 공감의 중요성과 가치에 대한 지식을 확장하는 내용을 담았습니다. 책읽기가 공감에 미치는 영향을 뇌 과학과 심리학적 실험을 통해 증명한 다양한 사례를 소개하고, 공감을 방해하는 비뚤어진 집단주의나 공감으로 이웃을 살린 역사적 사례 등 흥미로운 내용들을 소개하였습니다.

어떤 책을 공감 수업을 위한 책으로 선정할 것인지를 두고 거듭된 회의와 토론 끝에 되도록 서사 형식의 글, 문학 중심으로 책을 선정하였습니다. 또한 청소년이 익숙하게 읽었거나 이미 베스트셀러가 된 책들도 포함하기로 했습니다. 이미 내용을 알고 있는 책이라도 다시 읽으면서 공감에 대해 생각하고 고민해 보기를 바라는 마음에서였습니다. 공감에 대한 지식을 깊이 하도록 철학자나 사회학자들이 한 말들도 자주 인용했습니다.

이 책은 청소년은 물론이고 청소년 자녀를 둔 부모님과 교육자를 염두에 두고 썼습니다. 청소년 독자 여러분이 이 책을 끝까지 읽기만 해도 공감이 얼마나 중요한지를 깨닫고 공감하려는 의지가 생겨날 것이라고 기대하면서 글을 썼습니다. 나아가 여기에 소개한 총 16권의 책 가운데 단 한 권이라도 직접 읽게 된다면 정말 기쁠 것입니다.

당연한 말이지만 공감의 시작은 자기 존재에 대한 존엄성을 자각하는 것입니다. 자신을 소중히 여길 줄 아는 사람은 타인을 존중하고 이해하려고 노력할 것입니다. 『공감의 시대』를 썼던 제러미 리프킨의 말대로 인간의 마음속에 내재된 본성으로서 공감 능력은 인간 사이에 사랑의 다리를 놓고 인류의 미래를 좌우할 가장 중요한 능력이자 최고의 가치입니다. 우리는 독서를 통해 공감 능력을 기를 수 있고 이것이 우리의 희망입니다.

# 차례

# 먼저 나에게
# 공감하라고요?

*1*

**Chapter**

# 나에게 공감하기

|   | 자 | 기 | 공 | 감 | 은 |   | 자 | 신 | 의 |   |
|---|---|---|---|---|---|---|---|---|---|---|
| 감 | 정 | 을 |   | 이 | 해 | 하 | 기 |   | 위 | 해 |
| 몸 | 의 |   | 느 | 낌 | 에 |   | 귀 | 를 |   | 기 |
| 울 | 이 | 는 |   | 것 | 부 | 터 |   | 시 | 작 | 합 |
| 니 | 다 | . |   |   |   |   |   |   |   |   |
|   |   |   |   |   |   | _ | 임 | 성 | 미 |   |

『닥터 도티의 삶을 바꾸는 마술가게』
제임스 도티 지음 / 주민아 옮김 / 판미동

제임스 도티는 열네 살 때 마술가게에서 루스라는 할머니를 만나 인생에서
가장 특별한 경험을 한다. 도티는 6주 동안 매일 루스를 찾아와 새로운 마
술을 배우기로 약속한다. 그것은 바로 뇌와 마음의 힘을 조절하여 자신의
소망을 구체적으로 실현하는 놀라운 비법이었다.

"나의 종교는 다름 아닌 친절입니다."

티베트 출신 승려 달라이라마가 한 말입니다. 어쩌면 친절 대신에 공감을 넣어도 틀린 말은 아닐 것입니다. 누군가의 관심과 친절, 공감이 한 사람의 인생을 바꾸는 마술과 같은 것임을 지금부터 소개할 책 『닥터 도티의 삶을 바꾸는 마술가게』를 통해 확인할 수 있습니다. 이 책은 세계적인 케이팝 그룹 BTS가 읽었다고 하여 더 유명해진 책이지요.

글쓴이 제임스 도티는 8학년 때, 즉 열네 살 때 마술 가게에서 루스라는 할머니를 만나 인생에서 가장 특별한 경험을 합니다. 마술용품을 구경하던 도티에게 루스가 온화한 미소로 말을 건넸고, 그 미소는 아무 이유 없이 도티에게 행복감을 느끼게 해주었습니다. 도티는 6주 동안 매일 루스를 찾아와 새로운 마술을 배우기로 약속합니다.

당시 도티는 여러 가지로 불행했습니다. 아빠는 알코올중독에 빠져 가정을 제대로 돌보지 않았고 툭하면 주먹을 휘둘렀습니다. 엄마는 만성 우울증에 시달려 늘 침대에 누워 있었고, 가끔 죽겠다고 약을 먹는 일도 있었습니다. 그때마다 도티는 구급차를 부르고 응급실로 달려가야 했고, 그로 인해 분노와 긴장에 익숙해져 있었습니다. 정부에서 주는 공공 지원금을 받아 겨우 생활을 이어가고 있었지만 언제 살고 있는 집에서 쫓겨날지 모르는 상황이었습니다.

루스가 가장 먼저 가르쳐준 마술은 근육의 긴장을 이완하고 마음을 편안하게 하는 호흡법이었습니다. 그리고 머릿속에서 끊임없이 지껄이는 목소리를 잠재우는 방법을 가르쳐 줍니다. 하지만 머릿속 목소리를 잠시라도 재우는 연습은 쉽지 않았습니다. 눈만 감으면 머릿속에서는 과거의 사건에 대한 수치심, 미래에 일어날지도 모르는 일들에 대한 불안과 두려움이 밀려오곤 했습니다. 그래도 도티는 꾸준히 루스가 이끄는 대로 따라 했지요. 호흡에 집중하기, 촛불 응시하기, 주문 외우기 등이 그것이었습니다.

다음으로 도티가 루스에게 배운 것은 자기 마음을 여는 것이었습니다. 루스는 먼저 자기 스스로를 존엄하고 가치 있게 여기도록 안내했습니다.

"나는 가치 있는 사람이다. 사랑받는 존재다. 귀한 사람이다. 나는 다른 이들을 배려한다. 오직 나 자신에게 좋은 것만을 선택한다. 오직 다른 이들에게 좋은 일만을 선택한다. 나는 스스로를 사랑한다. 다른 이들을 사랑한다. 나는 내 마음을 연다. 내 마음은 활짝 열려 있다."

루스는 열 가지 긍정의 문장을 매일 아침 매일 밤 수시로 반복해서 말하게 시켰습니다.

마지막으로 루스가 가르쳐 준 것은 도티가 자기 내면에 있는 힘을 인식하고 그것을 사용하여 자기 꿈을 이루어가도록 하는 것이었습니다. 도티는 의사가 될 꿈을 꾸기 시작했고, 그것을 위해 이제까지와는 다르게 세상을 보기 시작합니다. 여전히 집은 월세를 걱정할 만큼 가난했고, 부모님의 상황과 행동은 변하지 않았지만 도티는 아무리 사랑하는 사람이라도 그들의 현실을 바꿀 수 없다는 걸 알았고 받아들였습니다. 대신 자신이 원하는 것을 스스로 만들 힘을 갖고 있다는 것을 알았기에 그런 현실 속에서도 목적의식이 생겼습니다. 도티는 루스가 가르쳐준 마술을 노트에 적고 매일 매일 그것을 실천했습니다. 그리고 마침내 도티는 의대에 진학했고, 바람대로 신경외과 의사가 됩니다.

## 명상은 나에게 하는 공감 기술이다

　이 책이 결코 빤한 성공담을 늘어놓으려고 쓴 책이 아니라는 건 분명해 보입니다. 이 책은 마음먹기에 따라 인생이 바뀔 수 있다는 것을 입증해 주는 사례일 수도 있겠고, 자신을 돌보고 내면의 힘을 사용하는 삶의 기술에 관한 사연일 수도 있습니다. 무엇보다 불우한 처지의 10대 소년이 난관을 극복하고 성장하도록 도운 친절과 연민의 힘을 보여준 경이로운 기록이기도 합니다. 도티가 나중에 '연민과 이타심 연구 교육센터'를 만든 것도 루스가 가르친 것을 더 많은 사람에게 알리고 싶었기 때문일 것입니다.

　루스가 가르쳐준 것은 자기를 돌보는 기술, 즉 자기 자신에게 공감하는 기술이라고 말할 수 있습니다. 여러 책에서 알려준 것처럼 공감 능력은 먼저 내 안의 상처나 결핍을 섬세하게 알아차리고 자기 연민에 빠지지 않으면서 자신의 감정을 깊이 들여다볼 수 있는 데서 시작한다고 말할 수 있습니다.

자기의 감정을 이해하고 다독일 줄 알아야 타인의 아픔을 공유하는 틈이 생기는 것이니까요. 누구나 경험했듯이 내면이 시끄럽고 기분이 안 좋을 때는 타인의 고통에 관심을 가지기 어렵습니다. 얼마간은 의무감에 공감하겠지만 이내 지치고 말 것입니다. 심지어 자신의 분노와 공격성을 타인에게 분출하기도 합니다.

그러니까 타인에게 공감하려면 먼저 자기에게 잘 공감해야합니다. 자기 공감을 통해 내면의 평화를 이루는 것이 먼저입니다. 스스로 공감을 받으면 솟아오르던 격한 감정이 가라앉으면서 마음에 공간이 생기는데요, 그때 비로소 타인의 감정을 헤아리고 살필 수 있게 됩니다.

자기에게 공감하는 첫 작업은 루스가 도티에게 가르쳐준 대로 몸을 느끼는 것입니다. 우리의 감정은 신체를 통해 표현되기 때문에 몸에 주의를 기울이면 감정을 더 이해하게 되고 억눌린 감정의 응어리가 풀리기도 합니다. 다시 말하자면 우리는 감정이라는 상태로 변환된 신체를 느낌으로써 나를 공감할 수 있는 것입니다. 흔히 말하는 명상은 바로 자신의 신체로 드러나는 부정적인 감정이나 자극을 인식하여 그 감정을 효율적으로 다루기 위한 기술이라고 할 수 있습니다.

이처럼 자기 공감은 자신의 감정을 이해하기 위해 몸의 느낌에 귀를 기울이는 것부터 시작합니다. 어떤 감정이 일어날 때 그 감정에만 관심을 집중할 게 아니라, 우선 길게 호흡하며 몸을 편안하게 이완하는 것부터 해보는 것입니다. 그렇게 하면 '아, 내가 지금 이런 감정을 느끼고 있구나!' 하면서 자신의 감정을 바라볼 줄 아는 여유와 힘이 생겨납니다. 그러고 나면 감정이 생겨났던 순간이 떠오르게 되고 왜 그런 감정을 느꼈는지를 알아차리게 됩니다. 놀랍게도 감정의 원인을 알아차리는 순간, 감정 자체가 사라지고 편안해지는 것을 느낄 수 있습니다.

마음속에서 시끄러운 목소리가 들려올 때 크게 심호흡하면서 발끝에서부터 종아리, 허벅지, 허리, 가슴, 어깨, 얼굴 등 온몸의 근육을 이완하는 것만으로도 마음의 동요가 가라앉습니다. 눈을 감고 호흡에 집중하는 것이 어렵다면 루스가 가르쳐준 대로 촛불을 응시하거나 좋은 그림, 좋은 음악을 감상하기, 또는 좋은 경험, 좋은 사람, 좋은 장소를 떠올리는 것으로도 몸이 이완되고 내적 평화를 얻을 수 있습니다.

도티가 그랬듯이 때때로 자신도 모르게 앞으로 일어날 일을 걱정하는 자신을 발견합니다. 그럴 때 잠시 눈을 감고 의식을 배꼽에 두고 자신의 호흡에 집중해 보는 게 좋습니다. 자신의 들숨과 날숨을 느끼다 보면 짧은 순간이나마 지금 순간에 있음을 느낄 수 있습니다. 이 방법은 걱정하고 있는 '문제'를 객관적으로 바라볼 기회를 제공하는 효과가 있습니다.

책을 읽으면서 실제로 루스가 가르쳐 준 방법을 학생들과 실습해 보았는데, 예상 밖으로 반응이 좋았습니다. 책을 읽고 이미 여러 번 이 방법을 실천해 보았다는 한 학생은 "해보니 효과가 있었어요."라고 대답했습니다. 답답했던 가슴이 가벼워지면서 마음이 차분해졌다는 것입니다. 걱정을 지나가는 먹구름을 보듯이 바라보며 '아, 걱정이 저기 있구나!' 하고 바라보았더니, 왠지 모르게 '누구나 걱정이란 게 있는 거지.'라는 생각이 들었다고 합니다.

저는 학생에게 그것이 바로 명상에서 하는 방법이라고 알려주었습니다. 분노나 걱정, 염려 등 부정적인 감정이 들 때 그 감정에 빠져 있으면 마음이 괴롭고 우울해지지만 그 감정을 자신에게서 떼어내어 먼 구름처럼 바라보는 연습을 하면 그것을 견디고 해결할 힘이 솟아날 수 있다고 말이지요.

## 자기 공감은 자기 연민과 다르다

뇌 과학자들의 말에 따르면 뇌는 상상과 현실을 잘 구분하지 못하여 우리가 상상하는 것을 사실인 양 인지하고 기억시킨다고 합니다. 긍정적인 상상을 계속하면 뇌의 신경세포가 움직이고 우리 몸의 에너지가 긍정적인 방향으로 전환된다는 뜻입니다. 그래서 상상력을 제2의 천성이라고 말하기도 합니다. 루스가 매일 열 가지 긍정의 문장을 도티에게 외워서 말하도록 한 것도 그런 이유일 것입니다.

그런데 자기에게 하는 공감은 자기 연민과는 조금 다릅니다. 여기서 연민이란 불쌍히 여기는 마음을 뜻합니다. 물론 연민은 나쁜 감정이 아닙니다. 하지만 불쌍하다는 감정에만 머물게 되는 것은 문제가 있습니다. 예를 들어 부모님이 내 맘을 몰라주어서 속상할 때, 자신이 속상한 감정을 느끼고 있다는 것을 알아차리는 것은 중요합니다. 하지만 자신을 계속 억울한 피해자로 정하고 부모님을 원망하는 것은 자기 연민에 빠져 감정을 더 극대화하는 것이라고 할 수 있습니다. 이런 방법은 감정을 다스리는 것이 아니라 더 깊은 감정에 빠져서 오히려 자기 감정을 타인의 행동에 맡기는 셈이 됩니다. 자기 감정을 해결해줄 사람은 부모님밖에 없다고 여기는 것이지요. 이는 부모에게 자기 마음을 알아달라고 떼를 쓰며 조르는 유아들과 다름이 없습니다.

책을 읽고 나서 학생들이 가장 신나게 했던 작업은 자기 공감을 위해 루스가 도티에게 가르쳐준 '자기 긍정 문장 말하기'와 '미래 예언하기'였습니다. 책 속의 도티가 미래의 의사가 되어 있는 자기 모습을 상상하고 의사로서 살아갈 때 느끼는 감정에 미리 공감하는 연습을 했듯이 말이지요. "나는 지금 그토록 오고 싶었던 그랜드캐니언에 왔다. 아름다운 석양이 광활한 그랜드캐니언을 비추는 모습을 바라보고 있으니 가슴이 벅차오르고 말로 표현하기 힘들 만큼 놀랍고 경이롭다. 너무 행복하다."라고 낭독하는 학생의 얼굴이 환해졌습니다.

뇌 과학자들은 자기를 긍정하는 문장을 소리 내 말하고, 자신이 바라는 미래의 모습을 상상하여 말하는 것이 긍정의 뇌를 만드는 데 아주 좋은 방법이라고 말합니다. 이러한 긍정의 뇌는 타인의 거울 세포를 활성화해 공감 능력을 키우고 자기의 미래를 열어 꿈을 이루도록 도와줄 것입니다.

### 공감을 위한 질문

**Q1** 루스가 도티에게 알려준 열 개의 긍정 문장을 직접 만든다면 어떤 문장을 만들고 싶나요?

> **가이드** 주인공 도티가 루스를 만난 이후 변화될 수 있었던 이유를 떠올려 보세요. 예를 들어 "나에게는 도움을 주는 좋은 사람이 있다." 등과 같이 말이지요.

**Q2** 루스와의 6주 훈련이 끝난 후 의대에 진학하기 전까지 도티는 계속 자기 공감을 연습하고 실천했습니다. 그런 도티의 행동이 지금 나의 삶에 주는 의미는 무엇인가요?

> **가이드** 현재 자신에게 닥친 문제나 해결해야 하는 과제가 있나요? 그럴 때 만약 책 속의 도티라면 어떻게 했을지 상상하면 좋을 것입니다.

**Q3** 자신의 긍정적인 미래의 모습과 미래의 그 상황에서 느낄 감정을 자세히 적어 보세요.

> **가이드** 본문 안에서 예를 든 것, "나는 지금 그토록 오고 싶었던 그랜드캐니언에 왔다. 아름다운 석양이 광활한 그랜드캐니언을 비추는 모습을 바라보고 있으니 가슴이 벅차오르고 말로 표현하기 힘들 만큼 놀랍고 경이롭다. 너무 행복하다."를 참고해 보세요.

# 공감이 키워 준 자존감과 사랑

_ 김우주(대방중학교 2학년)

　이 책은 제임스 도티라는 신경외과 교수의 감동적인 실화입니다. 작품의 도입에서 어린 도티는 8학년으로 올라가는 여름방학에 랭커스터에 위치한 한 작은 마술가게에 가게 됩니다.

　여기서 말하는 마술은 '명상'입니다. 명상은 몸과 마음을 차분하게 해주며 더 나은 내가 될 수 있게 돕는 방법입니다. 가난과 불행으로 힘들게 살고 있던 도티는 마술가게에서 만난 '루스'라는 할머니를 만나면서 인생이 바뀝니다. 도티는 루스가 가르쳐 준 명상을 실천하였고 마침내 자신이 원하던 의사가 됩니다.

　저는 도티가 루스와의 만남을 통해 자신을 사랑하는 방법을 배웠고, 그럼으로써 엄마와 아빠, 형, 그리고 다른 사람들도 사랑할 수 있게 되었다고 생각합니다. 알코올중독자인 아버지, 우울증에 시달리는 엄마, 왕따를 당하는 형, 그리고 월세를 걱정해야 할 만큼 가난한 가정형편이 열네 살 도티의 삶을 짓누르고 있었지만, 도티는 루스가 가르쳐 준 명상을 통해 자존감을 얻었습니다. 도티가 자존감을 갖게 된 것은 루스가 도티의 존재를 있는 그대로 인정하고 공감해 주었기 때문일 것입니다.

그런 루스 덕분에 도티는 따돌림당하는 친구를 돕고 나중에 의사가 되어서도 환자의 아픔에 깊이 공감할 수 있었습니다. 제가 특히 인상 깊었던 부분은 도티가 자동차 사고가 나서 임사 상태를 체험하고 다시 깨어났을 때 한 말입니다.

"다만 한 가지 아는 것은 나는 이번 생에서 이미 여러 번 죽었다는 사실이다. 절망에 빠져 무기력한 어린 시절의 나는 마술가게에서 이미 죽었다. 아버지를 부끄러워하고 두려워했던 청년은 대학에 가던 그날에 이미 죽었다. 그리고 사고가 난 시점에 오만하고 이기적인 신경외과 의사가 될 뻔했던 나 역시 죽음을 겪었다. 우리는 이번 생에서 이런 식이라면 천 번이라도 죽을 수 있다."

이 구절을 읽으면서 사람은 인생에서 수없이 많이 죽는다는 생각을 처음으로 하게 되었습니다. 이 죽음은 내면의 성숙을 이루는 것일 수도, 또는 과거의 나를 버리는 것일 수도 있습니다. 이런 '죽음'의 경험을 통해 도티는 '연민과 이타심 센터'를 만듭니다. 루스가 보여준 공감과 사랑을 실천하기 위해서입니다.

이 책은 읽는 내내 저는 커서 무엇이 되고 싶은지, 직업의 의미를 떠나 어떤 사람이 되고 싶은지, 어떤 가치를 추구하며 살고 싶은지 등 미래를 계속해서 생각하고 고민했습니다. 어떤 일을 하든 저도 루스와 도티처럼 타인에게 공감하고 사랑을 베푸는 삶을 살고 싶습니다.

# 대화를
# 잘하기 위한
# 공감법

|  | 가 | 족 | 이 | 라 | 는 |  | 울 | 타 | 리 | 에 |  |
|---|---|---|---|---|---|---|---|---|---|---|---|
| 살 | 지 | 만 |  | 서 | 로 |  | 다 | 른 |  | 존 | 재 |
| 임 | 을 |  | 인 | 정 | 하 | 며 |  | 수 | 용 | 하 | 고 |
| 살 | 아 | 야 |  | 합 | 니 | 다 | . |  |  |  |  |
|  |  |  |  |  |  |  |  | _ | 임 | 성 | 미 |

『아버지의 손』

마이런 얼버그 지음 / 송제훈 옮김 / 연암서가

『아버지의 손』은 저자 마이런 얼버그가 팔순을 앞두고 쓴 자전적 소설이다. 마이런은 1933년 청각장애를 가진 부모의 첫아이로 세상에 태어났다. 저자와 아버지가 나누는 대화가 전체 내용의 핵심을 이루고 있다고 해도 지나친 말이 아닐 정도로 둘은 끊임없이 대화를 나눈다. 아버지의 이런 대화 방식은 끊임없이 아들과 소통함으로써 세상과 소통하고, 또한 아들과 나누는 공감이고 사랑이었다.

"나의 첫 언어는 수화였다."

『아버지의 손』은 이렇게 시작합니다. 저자 마이런 얼버그가 팔순을 앞두고 쓴 자전적 소설입니다. 마이런은 1933년 청각장애를 가진 부모의 첫아이로 세상에 태어납니다. 저자는 책에서 표현한 대로 대공황의 밑바닥에서 청각장애인이 아이를 갖기로 했다는 것만으로 '위대한 낙관주의자'인 부모 덕분에 세상에 나올 수 있었습니다. 게다가 마이런의 부모는 주변의 걱정을 뒤로하고 둘만의 주택을 마련하여 독립적인 생활을 시작합니다.

다행히 마이런은 주변의 염려와 달리 두 귀가 잘 들리는 아이였습니다. 덕분에 그는 말할 줄 알기 시작한 무렵부터 '눈에 보이는 침묵의 손짓을 귀가 들리는 사람들에게 소리와 의미로 바꿔주는 연금술사'가 되어야 했고, 부모님을 위해 '보이지 않는 소리를 눈에 보이는 수화로 바꿔주는 마법'도 부려야 했습니다. 이를테면 '인간 전화기' 역할을 한 것이지요.

장애인 차별이 일상이었던 그 시절에 마이런은 부모님에 대한 차별과 멸시의 시선을 온몸으로 느끼고 상처받기도 합니다. 여섯 살 무렵 정육점에 고기를 사러 갔다가 정육점 주인이 아버지에게 멍청이라고 했을 때 순간 놀라서 당황합니다. 어린 마음에도 아버지에게 어떻게 전해야 할지 망설이고 있는데 이를 눈치챈 아버지가 그대로 전하라고 눈짓을 보냅니다. 마이런이 전하는 말을 들은 아버지는 얼굴이 분노로 달아올라 더 센 욕으로 응수합니다. 하지만 마이런이 가게를 나오면서 정육점 주인에게 한 말은 "안녕히 계세요."였습니다.

집으로 돌아오는 길에 아버지는 마이런이 자신이 한 욕을 그대로 전하지 않았다는 것을 안다며 "네 표정만 봐도 안다. 괜찮다. 이해한다. 네가 몹시 부끄러웠겠다."라고 말합니다. 그러면서 "아빠도 안다. 사람들이 나보고 멍청이라고 한다. 하지만 아빠는 멍청이가 아니다. 그래도 여전히 아빠는 저런 사람들을 상대해야 한다. 그래서 네 도움이 필요하다. 네게 이런 일을 겪게 해서 정말 마음이 아프다. 너는 아직 어린아이에 불과한데 말이야. 네가 이해해 주었으면 좋겠다. 그리고 아빠를 미워하지 않았으면 좋겠다."라고 말합니다. 이렇듯 마이런이 회상하는 아버지는 늘 자신감이 넘치는 사람이었고, 자신이 어떻게 살아야 하는지, 또 어떻게 문제를 해결해야 하며 도움을 청하며 살아야 하는지를 분명히 알고 있었습니다.

## 체온의 언어만으로도 충분했다

이 책을 읽은 중학생 독자들이 뽑은 가장 흐뭇하고 아름다운 장면은 저자가 아버지의 포옹을 '체온의 언어'라고 말하는 대목이었습니다. 당시 대부분 아버지는 밖에서 돈을 벌어 가족을 부양하는 사람으로 자녀들과는 서먹서먹하고, 집안일에도 관심이 없었습니다. 하지만 마이런의 아버지는 달랐습니다. 퇴근해서 집에 들어온 아버지는 문이 열리자마자 무릎을 꿇고 눈높이를 맞춘 다음, 마치 잃어버린 아이를 찾기라도 한 것처럼 마이런을 끌어 안았습니다. 그리고 한참 동안 깊은 눈으로 아이를 바라보곤 했습니다. 마이런은 '아버지는 나에게 사랑한다고 말했다. 내가 들은 건 체온의 언어였다. 아버지가 나를 얼마나 사랑하는지는 나를 꼭 감싸는 아버지의 체온만으로 충분했다.'라고 회상합니다.

하지만 마이런이 아홉 살 때 남동생이 간질 발작을 일으키면서 마이런의 감정은 혼란스럽고 복잡해집니다. 소리를 듣지 못하는 부모님에 대한 책임에다, 이제는 간질을 앓는 동생까지 신경 써야 하는 책임이 그에게 떠넘겨졌기 때문입니다. 게다가 동생에게 말을 가르치고 부모님과 동생 사이에서 통역하는 일도 그의 책임이었습니다. '왜 나는 우리 동네의 다른 애들처럼 살 수 없는 거야? 이건 불공평해.' 그는 자신에게 주어진 짐이 너무 무겁게만 느껴졌습니다. 그러면서도 동생을 원망하고 미워하는 것에 죄책감을 느끼고 힘들어했습니다. 그에게 가족은 사랑이면서 짐이었습니다.

## 어떻게 우리 가족은 서로에게 휴식처가 될 수 있을까?

가족이 사랑이면서 짐이었다고 말한 것에 대해 어떻게 생각하는지 함께 책을 읽은 중학생들에게 물어보았습니다. 그랬더니 모두가 저자의 생각에 동의한다고 대답해서 내심 놀랐습니다. 알게 모르게 청소년들도 가족 안에서 주어지는 역할이나 부모님의 기대에 부응해야 한다는 부담감과 죄책감을 느끼고 있었던 것입니다.

그렇다면 "우리는 어떻게 가족과 공감하고 소통해야 부담이나 죄책감을 덜 느끼고 서로 힘과 위로를 주는 휴식처와 같은 존재가 될 수 있을까?"라는 질문을 던지고 생각을 나누었습니다. 여러 이야기를 나누다가 결국 가족 간의 대화가 아주 중요하다는 데에 의견이 모아졌습니다. 『아버지의 손』에서 저자가 아버지의 사랑을 느낀 것도 아버지와 많은 대화를 나누었기 때문이라는 것이지요.

사실 『아버지의 손』은 저자와 아버지가 나누는 대화가 전체 내용의 핵심을 이루고 있다고 해도 지나친 말이 아닐 정도로 둘은 끊임없이 대화를 나눕니다. 대개는 "마이런, 천둥소리는 어떤 느낌이야?", "바람은 어떤 소리가 나니?", "파도는 어떤 소리야?"와 같은 아버지의 적극적이고 의도적인 물음에서 시작됩니다. 그때마다 아들은 어떻게 그것을 설명할 것인지 머리를 굴리고 궁리한 다음 표정과 몸짓을 총동원해 답변해야 했지요. 아버지의 이런 대화방식은 끊임없이 아들과 소통함으로써 세상과 소통하고, 또한 아들과 나누는 공감이고 사랑이었습니다.

---

## 상대방이 미처 다 표현하지 못한 마음 읽어내는 법

---

심리학자인 조지선 교수는 공감은 거창한 게 아니라 먼저 다

가가서 건네는 한마디 작은 말에서 시작한다고 말합니다. "요즘 어떻게 지내?"처럼 가벼운 마음으로 건네는 작은 행동 습관이라고 말이지요. 그러니까 공감은 관심을 두고 나누는 대화 안에서 이루어진다는 것입니다. 그런데 이런 공감 어린 대화를 하려면 공감에 대한 기본적인 이해가 필요하다고 말합니다.

조지선 교수가 권하는 첫 번째 방법은 대화하려는 대상의 처지와 상황을 이해하는 것입니다. 즉 그 사람이 어떤 경험을 하였고 무슨 생각을 하고 있는지 알아야 하는 것이지요. 이것 역시 "오늘 무슨 일이 있었어?"와 같이 말을 건넴으로써 자주 대화함으로써 알 수 있겠지요.

둘째는 상대방의 감정을 느끼는 것으로, 상대방의 정서를 파악하고 거기에 적절하게 반응하는 것입니다. 상대방의 처지를 이해하는 것과 정서에 반응하는 것은 거의 동시에 이루어지는데, 이때 상대방의 처지를 깊이 이해하려면 더 적극적인 상상이 필요합니다. 상대가 겪은 경험을 내 머릿속에서 시뮬레이션하면서 '아, 이런 생각과 이런 감정을 느꼈겠구나!' 하는 것이지요. 이것이 바로 감정의 공유입니다.

그런데 상대방의 경험을 상상함으로써 감정을 느끼려면 타인의 감정을 상상하여 함께 느끼는 거울 뉴런, 거울 신경세포가 활성화되어야 합니다. 신경과학자들은 상대방의 감정을 자동으로 모방하고 정서 경험을 공유하는 것은 거울 뉴런 덕분이라고 말합니다. 거울 뉴런은 타인의 뇌 상태를 복사해서 우리 뇌에 붙이는 것과 같습니다. 즉 상대방이 힘들어하는 모습을 지켜보는 뇌는 그 사람의 뇌와 비슷한 상태가 되어 함께 힘든 감정을 느끼듯이 말이지요. 이런 논리에 의하면 우리가 거울 뉴런을 활성화하기 위해서는 대화를 나누는 상대방의 표정과 몸짓, 억양 등에 집중할 필요가 있습니다. 그래야 정서적 일치가 일어나 공감이 이루어질 테니까요.

조지선 교수가 알려주는 세 번째 공감의 방법은 '예측과 추론'입니다. 상대방이 왜, 무엇 때문에 그런 감정을 느끼게 되었는지 상대방의 마음을 추론하여 앞으로의 행동을 예측할 수 있어야 합니다. 상대의 감정을 함께 느끼는 것만으로는 충분한 공감이 될 수 없습니다. 상대가 겪은 상황을 자신의 경험에 비추어 해석하거나 상대방이 미처 다 표현하지 못하는 마음을 읽어낼 때 흐뭇한 공감이 이루어집니다.

## 나와 너를 구분 지어 생각할 수 있는 거리 두기

마지막으로 한 가지 방법이 더 있습니다. 그것은 '거리 두기'입니다. 공감하기 위해서 거리 두기를 해야 한다니 좀 의아할지 모르겠지만 이것은 매우 중요한 것입니다. 공감을 잘하려면 피아를 구분해야 합니다. 즉 나의 경험과 타인의 경험 사이에는 분명한 차이가 있다는 것을 아는 것입니다. 다른 사람의 처지를 이해하고 감정을 느끼고 감정의 이유를 예측하면서도 그것은 상대의 경험이지 나의 경험은 아니라는 것을 인지할 줄 알아야 합니다. 공감은 다른 사람에게 다가가는 것이지만 너와 나의 구분이 안 될 정도가 되어서는 안 됩니다.

공감을 잘하기 위해서는 나와 너를 구분 지어 생각할 수 있는 '거리 두기'가 필요하다는 말에 전적으로 동의합니다. 때로는 공감을 준비하기 위해서 공간적 거리 두기도 필요할 것입니다. 책 속에서 마이런은 가족에 대한 책임감의 무게에 눌릴 때마다 옥상으로 피신하여 자기만의 시간을 갖습니다. 특히 마이런은 아버지가 자신에게 지우는 짐이 너무 무겁게 느껴질 때 오래된 책 냄새가 섞인 고요한 성소로 피신했다고 회상합니다. 그에게 도서관은 은신처였습니다.

가족은 하나여야 하고, 가족이니까 내 마음을 다 알아주고 동조해 주어야 한다고 여기는 것은 마치 가족이니까 무조건 희생하는 게 당연하다고 요구하는 것과 다름없습니다. 그렇게 하면 오히려 가족이 사랑이 아니라 짐으로 여겨지고 상처받게 될 것입니다. 가족이라는 울타리에 살지만 서로 다른 존재임을 인정하고 수용하고 살아야 한다는 뜻입니다.

저자의 아버지는 인쇄소에서 온종일 일하느라 집에 돌아오면 손톱에 낀 때를 세정제로 깨끗이 닦으며 이렇게 말합니다. "아빠의 목소리는 이 손에 담겨 있어. 그런데 더러운 손에서는 바르고 고운 말이 나오지 않거든. 그래서 항상 이렇게 깨끗이 씻어야 하는 거다."

아버지는 아들과 날마다 공감의 대화를 나누기 위해 노력하였습니다. 아버지의 손은 아들과 사랑을 나누는 언어였습니다. 아버지의 용기와 사랑 덕분에 마이런도 자신을 사랑하고 삶을 사랑하며 살아갈 수 있었습니다. 그런 면에서 그가 언어를 다루는 작가가 된 것도 결코 우연은 아닐 것입니다.

## 공감을 위한 질문

**Q1** '가족은 사랑이면서 짐이었다.'라는 저자의 말에 동의하나요? 동의한다면 이유도 말해보세요.

> **가이드** 가족이 힘이 되었던 경험이나 반대로 가족이기에 힘들었던 경험을 떠올려 보세요.

**Q2** 가족 안에서 공감받지 못한다고 여기는 점은 무엇이고, 부모와 형제의 행동에 공감하지 못한 부분은 무엇인지 생각해 보세요. 또 이럴 때 어떤 노력이 필요할까요?

> **가이드** 가족이지만 서로 다른 성격과 가치관이 존재하기 때문에 갈등이나 다툼이 생길 수 있어요. 그럴 때 『아버지의 손』의 주인공과 아버지의 행동을 통해 배울 점이 무엇인지 생각해 보세요.

**Q3** 뇌 과학자들은 거울 뉴런을 활성화하기 위해서는 상대방의 표정과 몸짓, 억양 등에 집중할 필요가 있다고 합니다. 스마트폰으로 하는 대화도 공감을 나누는 데 도움이 된다고 생각하나요? 그 이유는 무엇인가요?

> **가이드** 스마트폰은 의사소통의 도구입니다. 스마트폰을 통해 좋은 관계를 맺었던 경험을 떠올려 보세요.

# 상대방의 다름에 대한 열린 태도가 공감의 시작이다

_ 한준혁(장승중학교 2학년)

소설 속 주인공의 아버지는 어릴 때 심한 열병으로 인해 청각 장애를 얻게 됩니다. 아버지는 자신의 손으로 세상과 소통할 수 있었습니다. 하지만 아버지의 손은 단순한 소통의 수단 아니었습니다. 수화를 통한 단순한 소통을 넘어, 감정과 의사소통의 도구였죠.

주인공은 장애를 가지지 않고 태어났지만, 아버지의 손이 가진 사랑과 감정을 느끼고 이해하며 아버지의 시선에서 세상을 바라볼 수 있게 되었습니다. 또한 아버지의 손을 통해 세상을 배웠으며, 이것이 두 사람을 더욱 강력한 유대관계로 이어 주었지요. 주인공이 아버지와 세상을 연결해 주는 연결고리가 되어 줄 수 있었던 것도 바로 아버지로부터 받은 사랑 덕분일 것입니다.

이 책에서 가장 인상 깊었던 장면은 아버지가 아들에게 짐이 아닌 교훈으로서 존재하려고 노력하는 모든 장면이었습니다. 아버지는 아들에게 짐이 되는 것이 아니라 아버지로서 살아가는 방법을 가르치고자 했습니다. 세상 사람들이 자신을 바라보는 시선에 기죽지 않고 아버지로서 아들에게 최선을 다하는 모습이 정말 감동스럽고 멋있어 보였습니다. 소리를 들을 수 없음에도 불구하고 온 힘을 다해 세상을 이해하려고 애쓰는 모습, 언어와 소리의 장벽을 넘어 아들과 공감하고 소통하려는 모습이 아름다웠습니다.

이 책은 또한 언어만이 서로를 이해할 수 있는 수단이 아님을 보여줍니다. 주인공과 아버지는 '언어'라는 장벽을 넘어 진정한 공감과 유대를 이뤄냈습니다. 진정한 인간관계를 위해서는 언어뿐만이 아니라 공감과 소통, 진실한 눈빛과 존중, 배려가 필요하다는 것을 보여주었습니다. 끊임없이 상대방을 이해하고 공감하려고 노력하는 아버지의 태도, 그리고 그런 아버지와 소통하려는 아들의 모습은 나는 과연 얼마나 가족이나 친구들과 공감하고 소통을 하기 위해 노력하고 있는지를 돌아보게 해주었습니다.

하지만 가족이나 친구와 공감하고 소통하려면 만나야 하는데, 요즘은 직접 만날 기회가 급격하게 줄어들었습니다. 스마트폰과 SNS 사용이 많아지면서 타인을 만나 소통할 기회가 줄어들고 깊은 대화를 나누기가 매우 힘들어졌습니다. 그러다 보니 공감 능력도 크게 떨어졌다고 생각합니다. 여러 매체에서 소셜 미디어가 발달하면서 사회가 더 양극화되었다고 우려하고 있는 것만 봐도 그렇습니다.

그런 의미에서 이 책은 우리에게 진정한 인간관계를 위해서는 언어나 메신저, 텍스트를 넘어 진정으로 이해하고 소통하는 공감이 필요하다는 것을 말해주고 있습니다. 공감은 이 책의 아버지와 아들이 보여준 것처럼 상대방의 '다름'에 대한 열린 마음에서 시작합니다. 주인공과 아버지가 온몸과 온 마음으로 공감하려고 애썼던 것처럼 우리에겐 지금 공감능력이 절실한 것 같습니다.

# 03

# 공감의
# 다른 이름,
# 우호적 무관심

|   | 우 | 호 | 적 |   | 무 | 관 | 심 | 은 |   | 부 |
|---|---|---|---|---|---|---|---|---|---|---|
| 모 | 와 |   | 자 | 녀 |   | 관 | 계 | 뿐 | 만 |   |
| 아 | 니 | 라 |   | 친 | 구 |   | 관 | 계 | 를 |   |
| 비 | 롯 | 한 |   | 모 | 든 |   | 인 | 간 | 관 | 계 |
| 에 | 서 |   | 필 | 요 | 한 |   | 공 | 감 | 의 |   |
| 기 | 술 | 이 | 라 | 고 |   | 할 |   | 수 |   | 있 |
| 습 | 니 | 다 | . |   |   |   |   |   |   |   |
|   |   |   |   |   |   | _ | 이 | 홍 | 명 |   |

『페인트』
이희영 지음 / 창비

『페인트』는 부모를 선택하는 시대의 이야기를 다룬 책이다. 부모가 없는 영유아와 청소년을 정부에서 '국가의 아이들'로 직접 양육하고 관리한다는 도발적인 발상에서 시작해, 청소년이 되면 직접 자신의 부모를 선택할 수 있다는 것이 이 책의 핵심이다.

2024년 우리나라의 합계출산율은 0.7명으로 저출산이 사회적으로 큰 문제가 되고 있습니다. 결혼을 선택하지 않는 청년들이 점점 더 늘어나고 있으며, 결혼해도 출산은 하지 않겠다는 여성도 늘고 있습니다. 아이 낳기를 기피하는 이유는 무엇일까요? 아이를 낳고 기르는 것에 부담감이 크기 때문일 것입니다. 자기를 희생해야 하는 육아 과정 자체도 힘들지만, 양육과 교육에 들어가는 비용이 만만치 않아 그것을 감당하기에는 경제적으로 너무 벅차다는 것입니다. 그렇다면 아이를 낳고 키우지 못할 사정에 처한 사람들에게 국가가 나서서 대신 아이를 키워준다고 하면 달라질까요? 만약 그런 세상이 된다면 출산을 하는 사람들이 늘어날까요? 부모를 선택하는 시대의 이야기를 다룬 책, 『페인트』는 그런 가상의 설정으로 시작합니다. 부모가 없는 영유아와 청소년을 정부에서 '국가의 아이들'로 직접 양육하고 관리한다는 도발적인 발상에서 시작해, 청소년이 되면 직접 자신의 부모를 선택할 수 있다는 것이 이 책의 핵심입니다.

## 부모를 선택할 수 있는 시대가 온다면?

부모가 낳은 아이를 키우지 않으려고 할 때, 대신 맡아 키우기 위해 만들어진 NC센터Nation's Children Center의 아이들은 스무 살이 되면 센터를 떠나야 합니다. 그래서 13세가 넘으면 부모 면접을 신청해, 자신을 입양할 부모를 직접 선택할 기회를 얻게 됩니다. 부모를 만나지 못하거나 선택을 거부하면 사회에 나가 평생 NC 출신이라는 꼬리표를 달고 살아가야 하기에, NC의 아이들은 부모 면접Parent's interview을 '페인트'라는 은어로 불렀습니다. NC 출신이라는 사실을 물감으로 지워버리고 싶다는 뜻일 수도 있고, 자신의 미래를 원하는 색으로 색칠하고 싶다는 의미일 수도 있을 겁니다.

새로운 부모를 선택할 수 있다는 사실이 어떻게 느껴지나요? 누구나 태어날 때 부모를 선택할 수 없습니다. 어쩌다 태어나 보니 그런 부모를 만나게 된 것이죠. 나의 의지와 상관없이 운명적으로 만난 혈연적 관계입니다. 그것을 천륜이라 하지요. 부모도 마찬가지랍니다. 부모도 자식을 고를 수 없습니다. 부모와 자식의 인연은 바꿀 수 없어서, 내 마음에 흡족한 부모를 만나는 게 쉽지 않듯이, 내 기대만큼 자식이 잘 자라주는 일도 어렵습니다.

가족은 사랑으로 이루어진 관계라고 하지만, 그렇지 못한 경우도 많습니다. 생각보다 많은 아이들이 가족으로부터 가장 크게 상처를 받는다고 합니다. 아이들만 그런 게 아닙니다. 부모도 자녀와의 갈등으로 힘들어하는 경우를 많이 보았습니다. 사랑이라는 이름 아래 벌어지는 비뚤어진 집착과 오해가 상처를 낳고 서로 마음의 벽을 쌓게 되는 것을 보면서, 가족이 서로 주고받는 사랑이란 과연 무엇인지, 가족이 서로에게 짐이 되는 이유는 무엇 때문일지 생각해 봅니다. 부모와 자녀는 서로에게 어떤 존재일까요?

## 부모와 자녀는 서로 공감으로 만들어 가는 관계

세상에 자식을 사랑하지 않는 부모가 있을까요? 중학생들과 이 책을 읽고 나서 부모님에게 상처받은 경험이 있는지 물었을 때, 공부 못한다고 구박하는 아빠가 미워서 일부러 시험을 더 망친 적이 있다는 아이가 있었습니다. 명문대에 들어간 오빠와 자기를 비교하면서 너 때문에 집안 망신이라고 했다는 것이었어요. 말로는 널 사랑해서 다 너 잘되라고 그러는 거라지만, 자기는 그 말을 받아들일 수 없다고 했습니다. 아빠가 날 사랑하는 게 맞다면, 자기를 진짜 사랑한다면, 오히려 더 응원하고 지지해 주었으면 좋겠다는 것이었습니다.

제 지인 중 한 분이 제게 해준 이야기가 기억나네요. 지인은 사춘기에 접어든 딸의 말과 행동이 너무나 거슬려 어떻게 해야 하나 고민이 컸다고 합니다. 그러다 찾은 답이 바로 '우호적 무관심'이었습니다. 딸의 생각과 발상과 행동거지 하나하나가 다 거슬린 이유는 자신과 달라도 너무 달라서였습니다. 제멋대로 억지와 고집을 부리고 예전과는 달리 말을 듣지 않아 싸우다 보니, 마음이 불편했던 겁니다. 하지만 생각해 보면 자기는 딸을 너무나 사랑하는데, 그런 딸과 더 이상 다투기 싫었습니다. 부모라는 이유만으로 내 맘에 들지 않는다고 아이를 구속하고 통제하는 게 맞는지에 대해서 의문이 들었고, 조금 기다려주자는 생각으로 마음을 다스렸다고 합니다. 그때부터 아이의 모습을 있는 그대로 인정하기로 마음먹고 멀찌감치 떨어져서 보고도 못 본 척 넘어갔습니다. 적당한 마음의 거리를 두고 사랑의 마음으로 지켜보면서, 무관심한 듯 지내다 보니 오히려 관계가 좋아지더란 것입니다. 부모와 자식 간의 '우호적 무관심'은 서로에 대한 공감의 다른 표현입니다. 부모만 그런 게 아니라 자식도 부모에게 그렇게 할 수 있습니다.

## 우호적 무관심으로 지켜보는 것이 공감의 비결

"세상의 모든 부모는 불안정하고 불안한 존재들 아니에요? 그들도 부모 노릇이 처음이잖아요. 누군가에게 약점을 드러내는 건 그만큼 상대를 신뢰한다는 뜻 같아요. 많은 부모가 아이들에게 자기 약점을 감추고 치부를 드러내지 않죠. 하지만 그런 관계는 시간이 갈수록 신뢰가 무너져요."

열일곱 살인 제누가 페인트 과정에서 만난 예비 부모에 대해 센터장에게 한 말입니다. 부모 면접에서 미처 준비되지 못한 어리숙함을 드러내 보인 부모에게 이렇게 말할 수 있다니, 제누의 공감 능력은 정말 특별합니다. 무엇보다 그는 부모가 완벽해야 한다고 생각하지 않았지요. 부모라고 해서 무엇이든 다 가진 사람처럼, 모든 게 갖춰지고 준비된 능력자인 척할 필요가 없다고 생각한 것이죠. 부모도 자신의 부족함을 감추기보다는 인정하며 솔직하게 대할 때, 오히려 자녀에게 신뢰감을 준다는 것이었습니다.

부모의 사랑을 받아 본 적 없는 제누가 이렇게 배려심이 깊은 사람이 될 수 있었던 비결이 무엇일까요? 제누 곁에는 부모를 대신해준 어른들이 있었습니다. 아이들을 사랑하는 센터장 박과 좋은 가디언들입니다. 그들의 따뜻한 사랑과 돌봄 덕분에 제누는 마음이 넓은 사람으로 클 수 있었습니다. 부모이든 선생님이든 누군가의 지지와 응원을 받고 자란 아이는 타인에 대한 공감력이 뛰어난 사람이 될 수 있으니까요.

제누는 부모 면접에서 만난 하나 부부의 진솔한 모습에 마음을 엽니다. 하나의 마음속에는 부모로 인한 상처가 자리하고 있었습니다. 그것은 자신이 이루지 못한 꿈을 자식을 통해 이루려고 했던 어머니 때문에 원치 않는 삶을 살아왔다는 원망이었습니다. 가난하게 자란 어머니가 딸에게 발레를 시키고 공주처럼 키우면서 대리만족을 해왔던 거라는 사실을 깨달은 하나는, 그런 엄마를 원망하는 것 이상으로 그렇게 살아온 엄마의 삶을 가슴 아파합니다. 그것은 엄마에게 느끼는 깊은 연민이었습니다. 하나는 자신이 갖지 못한 것과 이루지 못한 꿈을 자식을 통해 이루고 싶어 하는 비뚤어진 부모의 사랑이 안타까웠습니다. 그리고 자신이 엄마로부터 독립이 필요했듯이, 부모도 자녀로부터 진정한 독립이 필요하다는 사실을 깨달았습니다.

하나의 그런 마음을 알게 된 제누는 부모와 자녀의 관계에 대해 생각해 보았고 깊이 공감합니다. 연민과 공감은 사랑의 다른 이름임을 알게 된 것이지요. 하나가 엄마에게 느낀 연민이 바로 사랑임을 깨달은 것입니다. 제누는 어떤 부모도 미리 완벽하게 준비하고 부모가 될 수는 없기에, 부모와 아이의 관계는 함께 만들어 가는 것이라고 생각했습니다. 그러기 위해서는 서로 간의 적절한 마음의 거리가 필요한데, 바로 '우호적 무관심'입니다. 먼 발치에서 서로를 바라보며, 사이좋은 친구처럼 친밀한 관계입니다. 무관심은 서로 관심이나 흥미가 없이 냉담한 것을 뜻하고, 우호적이라는 의미는 사이좋고 친한 관계에서 보여주는 태도를 말하기에, 상충하는 두 단어의 조합이 사뭇 낯설게 느껴지기도 합니다. 하지만 친밀하되 간섭하지 않고 사랑하되 집착하지 않는다는 의미로 받아들이면 부모와 자녀 사이에 가져야 할 가장 바람직한 관계 방식이라는 생각이 들지 않나요?

## 우호적 무관심은 모든 인간관계에 필요한 공감의 기술

책에 나오는 센터장 박은 아이들이 좋은 부모를 만나게 해주기 위해 헌신적으로 애쓰는 사람이었습니다. 페인트를 신청한 이들이 부모의 자격을 제대로 갖춘 사람인지 까다롭게 살피며, 아이들을 세심히 돌보고 사랑으로 대했습니다. 그가 생각한 좋은 부모란 어떤 사람이었을까요? 바로 자녀를 따뜻하게 보살펴 주는 사람이었습니다. 센터 출신이라는 낙인에서 벗어나도록 아픈 상처를 지워주고, 차별이 존재하는 세상으로부터 아이들을 지켜 줄 수 있는 사람, 든든한 울타리가 되어줄 보호자를 만나게 해주 고 싶었던 겁니다. 센터의 다른 가디언들도 아이들을 돌보고 지 도하면서 부모의 역할뿐만 아니라 친구가 되어주었습니다. 제누 가 센터장에게 자기의 고민을 털어놓고 의지하며 특별한 친밀감 을 가졌던 것은 그가 제누를 진심으로 아끼고 사랑하는 마음이 전해졌기 때문이기도 하지만, 과도하게 집착하거나 통제하지 않 는 '우호적 무관심'으로 대했기에 가능하지 않았을까요? 생각해 보니 우호적 무관심은 부모와 자녀 관계뿐만 아니라 친구 관계를 비롯한 모든 인간관계에서 필요한 공감의 기술이라고 할 수 있습 니다.

부모 면접이 잘 이루어져 좋은 부모를 만나길 원했던 센터장 의 바람과는 달리 제누는 결국 부모 선택을 거부합니다. 보호자 가 되어줄 부모가 아닌, 독립을 결정한 것입니다. 비록 어려울지 라도 세상으로 나가서 혼자 살아보겠다는 결심을 한 것은, 스스 로 할 수 있을 거란 자신감을 얻었기 때문입니다. 홀로서기를 선 택한 제누의 용기에 대해 어떤 생각이 드나요? 나라면 과연 어떤 선택을 했을까요? 나는 부모에 대해서 어떤 관계를 상상하고 있 는지, 한번 생각해 보기 바랍니다.

사회가 변하고 있습니다. 이제는 혈연 중심의 전통적인 가족 의 개념을 넘어서서 사회 공동체 속의 새로운 가족으로, 가족의 개념이 확장되고 있습니다. 미래의 새로운 가족 형태는 어떻게 변할지 궁금합니다. 돌봄 시설의 보호자나 교육 시설의 지도자들도 상대에게 공감하는 마음과 우호적 무관심으로 서로를 지지하는 가족이 되면 좋겠습니다.

## 공감을 위한 질문

**Q1** 제누가 부모 선택을 거부하기로 한 이유는 무엇이며, 그것에 공감할 수 있나요?

> **가이드** 제누가 부모 역할에 대해 어떤 관점을 가지고 있었는지 생각해 보세요.

**Q2** 하나가 어린 시절에 겪은 아픔에 대해 제누가 공감한 것들 중에서, 나에게 가장 와닿은 것은 무엇인가요?

> **가이드** 부모가 자녀에게 바라는 기대감이 나의 바람과 다를 때 겪을 수 있는 고통에 대해 생각해 보세요.

**Q3** 센터장 박이 아버지의 임종을 지켜보며 했던 생각에 공감하나요? 부모에게 받은 상처를 극복할 방법에는 무엇이 있을까요?

> **가이드** 부모도 완벽한 사람은 아니고 부족한 면이 있다는 생각을 해보면 비록 나에게 상처를 준 부모일지라도 용서할 수 있을까요?

# 공감은 나를 위해서 하는 것이다

_ **이가현**(경원중학교 1학년)

이 책은 앞으로 대한민국의 미래가 될 수도 있는 내용을 담고 있습니다. 대한민국은 출생률이 점점 낮아져서 국가에서 아이들을 키우기로 합니다. 국가에서 키우는 아이들은 국가의 아이들이라는 의미를 담은 NC센터에서 자랍니다. 이 책의 주인공 제누301은 열일곱 살로 곧 스무 살이 되어 센터를 떠나야 합니다. 그런 제누는 페인트(부모 면접)에서 지금까지 본 적 없는 새로운 예비 부모들을 만나게 됩니다.

저는 이 책의 주인공인 제누가 '페인트는 아이만이 부모를 고르는 것이 아닌 부모도 아이를 고르는 것'이어야 한다고 생각하는 부분에 공감이 갔습니다. 저도 엄마와 대립이 있을 때 서로 의견을 조율해 가며 좋은 관계를 유지하려고 노력하기 때문입니다. 엄마와 저 모두 부모, 자식 역할이 처음입니다. 그렇기 때문에 서로를 배려해 주어야 한다고 생각합니다.

또한 저는 이 책을 읽고 두 가지를 깨달았습니다. 첫째, 공감은 타인을 행복하게 만들어준다는 것입니다. 아버지의 소식을 듣고 마음의 정리가 되지 않아서 안절부절못하는 박에게 최는 큰 도움이 되어주었습니다. 최는 박을 공감해 주고 참을성 있게 박을 이해해 주었습니다. 그 덕분에 박은 최에게 힘입어 아버지를 만나고 인생의 큰 숙제를 마무리하고 올 수 있었습니다. 저는 최의 모습을 통해 공감은 남을 행복하게 만들어준다는 것을 다시금 깨닫게 되었습니다. 공감은 방황하는 사람들에게 도움을 주고 외로운 사람에게 희망을 줍니다. 진정한 공감이야말로 칭찬 못지않게 남을 기쁘게 합니다.

둘째, 공감은 저를 위해서 하는 것입니다. 제가 페인트를 읽으면서 가장 크게 배운 점, 제 마음을 동요하게 한 점입니다. 박은 어린 시절 자신에게 아픔을 준 아버지를 미워합니다. 그렇지만 세상을 떠나는 아버지를 만나고 오고 오랫동안 찾지 못했던 마음의 안정을 되찾습니다. 저는 박이 아버지를 공감해 주었기 때문에 안정을 찾을 수 있었다고 생각합니다. 어린 박에게 아버지는 그저 무섭고 험악한 존재였을 것입니다. 하지만 박이 늙고 병든 아버지의 자아를 보자 박의 어린 자아는 아버지를 공감해 주었을 것입니다. 박은 아버지를 용서하지 못했을 수도 있습니다. 하지만 아버지를 공감함으로써 아직 어린 시절에 멈춰져 있던 자신의 자아를 위로하고 다시 마음의 시계를 돌아가게 한 것입니다.

공감은 나를 위해 하는 것임을 알려주는 책이었습니다.

04

# 네가 너라서
# 사랑하는 거야

사람은 자기 내면에 이미 갖고 있지만 자각하지 못하는 어떤 감각을 끌어내 확장시키면, 몸이 바뀌는 경험을 하게 됩니다. 몸이 바뀌면 신기하게도 생각이 바뀝니다.

_ 이홍명

『산책을 듣는 시간』
정은 지음 / 사계절

열아홉 수지는 소리를 듣지 못해도 불행하다고 느낀 적은 없다. 어렸을 때부터 엄마와 수지만 아는 수화로 완벽한 대화가 가능했고, 상상 속에서 모든 소리를 만들어낼 수 있었으니까. 그런데 어느 날 인공 와우 수술을 받게 되면서 모든 게 달라진다. 눈이나 귀가 아닌 마음으로 세상을 바라보는 수지를 통해 독자들은 있는 그대로의 나 자신과 마주하는 법을 배우게 된다.

사람들은 대부분 귀가 잘 들리지 않는 청각장애인이 불편할 거라는 생각을 갖고 있습니다. 하지만 『산책을 듣는 시간』 책을 읽고 나면 그것이 편견임을 깨닫게 됩니다. 수지는 못 듣는 자신을 마치 전염병 있는 사람처럼 멀리하며 혐오하는 이들을 보면서, '내가 무슨 피해를 주는 것도 아닌데 왜 나를 두려워하지?'라고 생각했습니다. 자신을 안쓰럽게 바라보며 동정하는 사람들을 보면 나는 못 듣는 게 아니라 안 들리는 능력이 있는 것이고, 그것은 오히려 남들이 갖지 못한 특별한 능력이라고 스스로 당당하게 여깁니다. 수지가 그럴 수 있었던 것은 어릴 때부터 그런 생각을 심어 준 엄마와 할머니의 특별한 배려와 가정환경 덕분이었습니다.

　소리가 들리지 않는 세계에서도 엄마에게 배운 수화와 구화로 불편함 없이 살던 수지였기에, 자신의 장애를 안타깝게 바라보는 사람들의 어설픈 동정심을 거절하고 차이를 인정해 주길 원했습니다. 하지만 현실은 그렇지 않았습니다. 자동차 경적이 울리는 소리를 듣지 못해 교통사고를 당한 수지는 엄마와 할머니의 강력한 권유로 결국 인공 와우 장치 수술을 받게 됩니다. 소리가 없는 세계에서 불완전한 소리의 세계로 옮겨 간 것입니다. 하지만 기계장치를 통해 들리는 변형된 소리는 너무나 견디기 힘든 소음이었습니다. 자신을 불편하게 여기는 세상에 적응해서 살아가기 위해 장애를 극복하려고 애썼지만, 수지는 시끄럽게 들리는 세상이 전보다 더 불편해졌고, 수술 후에 오히려 더 불행하다는 생각에서 벗어나기 힘들었습니다. 그런 수지에게 어떤 변화가 찾아왔을까요?

## 나를 돌보는 힘은 자기 공감에서 나온다

수지는 아버지가 누군지 모릅니다. 외국에서 살고 있다는 말만 들었지, 얼굴도 본 적 없지요. 건청인(청각이 건강한 사람)인 수지 엄마는 자기의 잘못으로 딸이 후천적인 청각장애인이 되었다는 죄책감에 시달리면서 희생하며 살았습니다. 수지는 늘 자기 삶이 거짓말로 쌓아 올린 모래성 같다고 생각했습니다. 선천적 청각장애인이 아니었던 자기가 어쩌다 장애를 갖게 되었는지, 부모님의 삶은 어땠는지 등의 이야기를 아무도 솔직히 말해주지 않고 수지를 속여 왔기 때문입니다. 엄마는 왜 아빠 이야기를 하지 않는 것인지, 아빠가 있긴 한 건지, 무슨 이유로 죄인처럼 살아가는지, 수지는 늘 궁금하고 의아한 의문투성이의 삶이 싫었습니다. 장애를 가지고 살아가야 하는 자신의 인생에 대해 혼란스러운 고민과 성찰을 반복하며 힘겨운 성장통을 겪어가던 중에, 수지는 자기를 너무나 사랑하고 아껴주던 할머니의 죽음과 직면합니다. 할머니의 마지막을 지켜보면서 삶을 다시금 성찰하게 된 수지는 자기의 삶을 이해하고 받아들이게 됩니다.

할머니가 죽기 전에 수지에게 남긴 말이 의미심장하게 다가옵니다.

"언젠가 사랑하는 사람이 생기면 그의 목소리로 사랑한다는 말을 직접 들을 수 있기를 바란다.", "무슨 일을 하든지 먼저 너 자신과 좋은 친구가 되어라."

할머니의 그 말은 수지에게 유언이 되었습니다. 자신과 먼저 친구가 되고 나면 자신을 대하듯이 타인과도 좋은 친구가 될 수 있다는 뜻이었지요. 언제나 자기 자신을 사랑하고 그 힘으로 세상을 더 나은 곳으로 만들어야 한다는 할머니의 말은, 자아정체성의 혼란을 겪는 수지에게 큰 힘이 되었고 길이 되었습니다. 수지는 자기를 이해하고 인정하며, 자신을 돌볼 힘을 얻기 시작합니다. 수지가 자기에게 공감하는 능력을 갖추게 된 겁니다.

할머니의 죽음에 이어 어느 날 갑자기 엄마가 집을 떠납니다. 혼자만의 시간이 필요하다며, 살고 있는 집을 팔아서 그 돈으로 살아가라는 메모 한 장만 덜렁 남긴 채, 훌쩍 나가버린 엄마를 수지는 이해할 수 없었습니다. 할머니가 부재한 상황에서 엄마마저 사라지고 세상에 홀로 버려진 수지가 얼마나 슬프고 두렵고 막막했을지 한 번 생각해 보세요. 하지만 수지는 혼자 살아 나가야만 하는 현실을 받아들이고 독립적으로 변합니다.

## 가득 찬 마음

사랑하는 두 사람, 할머니와 엄마를 떠나보내고 홀로 된 수지가 세상에 나가 겪은 외로움과 두려움은 너무나 컸지만, 다행히 수지 곁에는 한민이 있었습니다. 전색맹 시각장애인이라는 말을 들어보셨나요? 한민은 색을 보지 못하고 명암만 구분하는 전색맹 시각장애인이었기에 세상을 흑백으로 봅니다. 둘은 서로의 입을 보며 대화를 나누었는데 처음으로 만난 날 한민은 수지에게 물었습니다. "너는 어떻게 말해? 고맙다는 말?" 수지는 잠시 고민하다 자기도 모르게 어릴 적 엄마와 둘이 썼던 자신의 수화로, '가득 찬 마음'이라고 말합니다. 손으로 상대방을 가리킨 다음에 심장 근처로 가져가 원을 그리며 쓰다듬는 동작인데, 한민이 손동작을 그대로 따라 하며 여러 번 되풀이하자, 수지는 자신을 '있는 그대로' 받아들이는 한민이 고마웠습니다.

들리지 않는 수지와 보이지 않는 한민의 서로를 향한 이해심은, 바로 뛰어난 공감력에서 나오는 것이었습니다. 두 사람의 공감 능력은 서로에게 빠져들게 하는 힘이 있어, 타인의 세계를 이해하고 받아들이며 서로의 다름을 인정하고 존중하는 일이 얼마나 아름다운 것인지 깨닫게 합니다. 사람은 저마다 세상을 느끼는 범위와 방법이 다르기에 각자의 방식이 존중되는 게 당연하다는 사실도 알게 되었지요.

# 너는 그렇구나!

한민이 사람들과 소통할 때 가장 어려운 점은 무엇이었을까요?

"운전면허를 따서 차를 운전해 전국을 돌아다니고 싶어요."

"비행기 운전도 하고 싶어요."

한민이 그런 얘길 하면 사람들은 너무나 안타깝다는 듯이 "저런, 안 됐구나."라고 대답했습니다. 불가능해 보이는 일을 하고 싶어 하는 게 안돼 보여서 그런 것이겠죠. 그렇지만 한민은 그냥 '너는 그렇구나!' 이렇게 말해주면 좋겠다고 생각했습니다. 오죽하면 '너는 그렇구나.' 법을 만들어서 그렇게 대답하도록 법을 고쳤으면 좋겠다고도 했습니다. 동정이 아니라 인정이 필요하다는 것이었지요. 스스로 한 번도 불행하다고 생각한 적이 없고 도움을 요청한 적도 없는데, 왜 사람들은 늘 자신을 도와주려 하고 불쌍히 여기는지 모르겠다고 생각한 것입니다.

장애인을 동정한 경험이 있는지 학생들과 이야기를 나누었는데 한 아이가 뜻밖에 이런 대답을 했습니다.

"제가 지하철역에서 시각장애인을 만났는데, 혼자서 지팡이를 짚고 노란 선을 따라 잘 걸어가는 거예요. 앞이 보이지도 않는데 어떻게 저렇게 잘 걸어가는지 너무나 신기했어요."

"혹시 도와주고 싶다고 생각했니?"

"처음엔 불쌍하다고 생각했는데 노란 선을 따라서 잘 가니까

그럴 필요가 없더라고요."

아이는 그 모습을 보기 전에는 바닥에 그려진 노란 선이 시각 장애인을 위한 것인지도 몰랐다고 했습니다. 오히려 동정하기보다는 그들이 사는 방식을 이해하고 인정하는 일이 중요하다는 걸 깨달은 것입니다.

수지는 모든 사람에게 잘해주는 한민이 사랑과 연민을 구분하지 못한다고 생각해서 늘 두려워했습니다. 혹시나 자기가 불쌍해서 사랑하는 게 아닐까, 생각했기 때문입니다. 하지만 한민은 수지에게 '네가 너라서 사랑하는 거'라고 말합니다. 어떤 조건이나 상황 때문이 아닌, 너라는 사람을 사랑하는 거라고. 한민은 사랑과 연민을 구별할 줄 알았고, 수지를 동정해서 사랑하는 게 아니라 조건 없이 '있는 모습 그대로'를 사랑한 것입니다. 한민은 자기 연민과 자기 공감이 다르다는 것도 잘 알고 있었습니다. 그가 이렇게 큰 공감 능력을 갖추게 된 이유는 무엇이었을까요? 한민은 흑백으로 세상을 보았지만, 그림을 그리고 작곡하며 자신이 만든 곡을 기타로 연주하는, 예술적인 기질을 충만하게 가지고 있었습니다. 게다가 늘 한 몸처럼 붙어 다니는 영리한 맹인 안내견 마르첼로와 산책을 했는데, 그런 것들이 그의 공감 능력을 크게 키워준 비결이라고 생각합니다. 한민은 마르첼로의 시선으로 세상을 보려고 할 만큼 개를 무한 신뢰하고, 사랑했습니다. 수지와 한민 사이엔 언제나 마르첼로가 있었는데, 수지는 셋이 함께 걷는 시간이 너무나 행복했습니다,

## 산책은 내 마음의 소리를 듣는 시간

수지는 산책을 좋아합니다. 걸으면서 자기 마음의 소리를 들을 수 있기 때문입니다. 한민과 마르첼로와 함께 걷는 산책이 너무나 즐거워서 그것으로 남을 도울 방법을 찾고 싶었던 수지는, '산책을 듣는 시간'이라는 독특한 사업을 구상합니다. 내가 가장 잘할 수 있는 일로써 세상을 더 나은 곳으로 만들 방법을 찾아야 한다는 생각, 참 근사하지 않나요? 장애가 있는 수지와 한민이 비장애인의 마음을 돌보는 일을 한다는 사실이 더 놀랍습니다.

'산책을 듣는 시간' 사업은 큰 인기를 끌었습니다. 그것이 사람들에게 매력적으로 다가온 이유는 무엇이었을까요? 그것은 바로 신선한 경험을 얻을 수 있었기 때문입니다. 산책 신청자가 눈을 감은 한민을 안내하면서 산책하며, 보고 느낀 것들을 자세히 설명하는 것이었는데, 예를 들면 전색맹 시각 장애인이라 사물의 색깔을 보지 못하는 한민에게 파란 하늘과 화사하게 피어있는 꽃들의 다채로운 색을 비교하며 그 느낌을 전달한다든지, 함께 걸으면서 눈 앞에 펼쳐진 풍경 속 나무들의 모습과 다양한 사람들의 모습을 자세히 묘사하는 것입니다. 나에게는 그저 당연하게 보이는 것들을 한민에게 말로 풀어서 설명하는 과정을 통해 사람들은 자신의 마음속에 가라앉아 있는 감정들을 발견하면서 자신을 돌아보게 되고, 잃어버린 감각들이 고백하듯 이끌려 나오는 뜻밖의 경험을 하게 됩니다. 그동안 숨기고 있었거나 미처 깨닫지 못한 것을 새삼 발견하게 되었을 때 사람들은 그 속에서 위로받으며 치유를 받기도 하고 새로운 영감을 얻기도 합니다. 결국 '산책을 듣는 시간'이라는 것은 산책하는 그 순간에 눈에 보이는 것들을 그대로 말해 주기만 해도 자신의 마음을 들여다보며 마음의 소리를 듣는다는 의미인 것입니다.

옆에서 같이 걷는 사람이 듣지 못하고 보지 못하는 사람이라는 생각에 사람들은 오히려 마음이 편해지고, 함께이지만 마치 홀로 걷는 것처럼 자유로움을 맛보며 내 마음의 소리를 듣는 경험을 기대하는 것이 아닐까요?

산책을 신청한 사람들은 눈을 감은 한민을 데리고 산책하면서 눈에 보이는 것을 설명하거나, 신청자가 눈을 감고 시각 외에 다른 감각으로 느낀 것을 설명하거나, 또는 마르첼로의 대변인이 되어 마르첼로가 보고 있는 것을 말로 풀어 설명하는 것, 이 세 가지 중 하나를 선택해야 했습니다. 사람들은 이런 산책을 하면서 평소에는 미처 보지 못했던 것들을 발견하고 깨닫는 경이로운 경험을 하게 됩니다. 바로 낯선 감각으로 세상을 보게 되는 것이죠.

사람은 자기 내면에 이미 갖고 있지만 자각하지 못하는 어떤 감각을 끌어내 확장하면, 몸이 바뀌는 경험을 하게 됩니다. 몸이 바뀌면 신기하게도 생각이 바뀝니다. 몸과 마음은 연결되어 있기 때문이죠. 마음속에 자리한 우울함과 두려움이 사라지면서 자신을 있는 그대로 바라보게 되면, 나를 인정하고 존중하게 됩니다.

자신과 좋은 친구가 되기 위해 나에게 공감하는 능력이 향상되는 것. 그것이 바로 『산책을 듣는 시간』이 우리에게 주는 선물입니다.

산책이 공감에 얼마나 좋은지 말해주는 책, 『걸으면 해결된다』에 이런 구절이 나옵니다.

"걷는 동작의 도움으로 나는 나 자신을 퍽 잘 받아들일 수 있는 사람이 되었다."

키에르케고르의 말입니다. 잘 걷는 사람이 자기와 잘 사귀는 사람, 곧 자기 공감력이 큰 사람이라는 뜻이죠. 자신을 받아들인다는 것은 지금 내 모습 그대로를 인정하라는 의미입니다. 나의 불완전함을 극복하려고 힘들게 애쓰지 말라는 겁니다. 걸으면서 내 마음의 소리를 듣고 내가 원하는 바가 무엇인지 깨닫는 경험을 해보세요. 나와 친해져서 나를 받아들이는 사람은 타인과 세상을 향해 조금씩 더 나아갈 수 있을 겁니다. 수지와 한민이 바라는 세상, 차이를 인정하고 다름을 존중하는 세상을 향해 기꺼이 함께 걸어볼까요?

## 공감을 위한 질문

**Q1** 건청인인 수지 어머니가 청각장애가 있는 수지를 키운 방식에 대해 어떤 생각이 드나요?

> **가이드** 딸의 장애가 자신의 탓이라고 생각한 어머니의 입장은 어땠을지, 어떤 게 바람직한 방법이었을지 생각해 보세요.

**Q2** 서로 다른 장애를 가지고 있는 수지와 한민 두 사람이 서로를 대하는 모습을 보면서 그들의 공감력은 어떻게 키워진 것으로 생각하나요?

> **가이드** 타인의 마음을 읽는 능력이 공감력이라면 장애와 공감은 어떤 상관이 있을까요?

**Q3** '산책을 듣는 시간'에 참여한 산책자들에게 어떤 변화가 있었나요? 내가 만약 그런 체험을 하게 된다면 나의 공감력에 어떤 도움을 줄 수 있을 거라고 생각하나요?

> **가이드** 자기 마음을 돌아보고 자기 자신을 찾아가는 시간이 소중하다는 사실을 기억하세요.

# 자신을 있는 그대로 받아들이기

_ **김예림**(예원학교 1학년)

　이 책은 청각장애인 수지와 시각장애인 한민이 서로의 장애를 이해하고 공감하며 성장하는 이야기를 담고 있습니다.

　수지는 특수장애인 학교에 다닙니다. 학교에서 한민이를 만나 둘은 즐겁게 지내다가 수지가 인공와우 수술을 받게 됩니다. 수지가 처음에 인공와우를 착용했을 때, 소리가 소음처럼 들려서 너무나 싫어했습니다. 귀가 들리게 되자 결국 수지는 학교를 그만두고 일반 학교로 전학을 가게 되는데 수지는 수술 받기 전이 더 좋았다고 생각합니다.

　수지는 일반 학교에서도 잘 적응하지 못했습니다. 수지는 '사람들은 왜 장애인을 혐오하는 걸까? 옳는 것도 아닌데 말이다. 마치 전염병을 옮기는 사람처럼 대한다.'라고 생각했습니다. 수지는 어릴적부터 차별받고 귀가 안 들리는 것이 고쳐야 할 병이라는 편견에 시달려야 했습니다. 하지만 한민이를 만나고 난 후부터는 음악도 듣고 글도 쓰며, 귀가 안 들리는 것은 특별한 능력이라고 오히려 생각을 바꾸었습니다. 그리고 한민과 함께 '산책을 듣는 시간'이라는 사업을 만들었습니다. 장애인과 비장애인이 함께 산책하는 시간을 가짐으로써 특별한 경험을 통해 사람들을 돕는 일이었습니다.

　사람들은 보지 못하는 한민이나 듣지 못하는 수지와 함께 걸으면서 자기 마음의 소리를 듣는 경험을 하게 됩니다. 책을 읽는 저도 이 산책을 해보고 싶어졌습니다. 너무나 궁금하고 신기할 것 같습니다.

　수지는 장애를 갖고 있음에도 자기만의 행복한 일상을 만들어 갑니다. 자신의 장애를 인정하고 받아들이기가 어려웠지만 수지는 자기를 있는 그대로 받아들이게 되었습니다. 자신을 이해하는 사람이 된다는 건 쉽지 않습니다. 저도 수지처럼 부정적인 일을 긍정적으로 바꾸어 생각하고 싶어졌습니다.

05

# 말만 잘하면
# 우리 인생이
# 달라질까?

공감 능력은 수많은 사람과 진심으로 소통하고 서로의 말에 경청하며 상대의 마음을 읽는 법을 터득했을 때 얻어질 수 있습니다.

_ 위영화

『내가 말하고 있잖아』
정용준 지음 / 민음사

열네 살 소년이 언어 교정원에 다니며 언어적, 심리적 장애를 극복해 가는 과정을 담은 소설이다. 말을 더듬는다는 이유로 학교에서는 외톨이로, 학교 밖에서는 이상하고 부족한 아이로 낙인이 찍힌다. 소년은 더는 세상과 소통할 수 없다는 좌절감에 빠지고 만다. 보다 못한 소년의 엄마는 언어 교정원에 억지로 소년을 등록시킨다.

만약, 내가 필요한 낱말을 돈으로 사서 삼켜야만 말할 수 있다면 어떨까요? 큰 부자가 아니고서는 많은 말을 할 수가 없겠지요. 그림책『낱말 공장 나라』에서는 돈으로 낱말을 사야만 말할 수 있는 이상한 일들이 벌어지고 있습니다. 게다가 낱말 중에는 유난히 비싼 낱말이 있어서 가난한 사람들은 비싼 낱말을 쉽게 말하지 못했지요. 거대한 낱말 공장 나라에서 말하기 위해서는 돈이 많이 필요했거든요.

그곳에는 필레아스라는 남자아이와 시벨이라는 여자아이가 살고 있습니다. 둘은 서로 좋아하는 사이였지요. 하지만 필레아스의 가장 큰 적인 오스카도 예쁜 시벨을 좋아했습니다. 게다가 오스카의 부모님은 엄청난 부자라서 그는 값비싼 낱말을 많이 가지고 있었지요. 필레아스는 시벨에게 사랑한다는 말을 전하고 싶었어요. 하지만 필레아스는 낱말을 살 돈이 없었습니다. 쓸만한 낱말은 고작 '체리, 먼지, 의자' 뿐이었어요. 그래도 필레아스는 용기를 내어 시벨을 향해 천천히 '체리, 먼지, 의자'라고 자신의 마음을 전했습니다. 그 말을 들은 시벨은 필레아스의 뺨에 입을 맞추었지요. 굳이 많은 낱말을 사용하지 않아도 필레아스의 진심이 전해졌던 것입니다.

## 내면 소통을 위한 자신의 언어 찾기

새 학기를 앞두고 언어 교정을 받기 위해 스피치 학원에 간다는 학생들을 종종 한두명 씩 봅니다. 아이들이 그곳을 찾는 이유는 리더쉽을 키우기 위해서라고 합니다. 자신감 있는 태도로 상대방을 설득하려면 언어 전달력이 뛰어나야 한다고 생각하기 때문이죠. 어떤 친구는 새 학기에 있을 임원 선거에 나가기 위한 목적이라고도 말합니다. 과연 이렇게 말만 잘하면 우리의 인생이 달라질 수 있을까요?

정용준의 장편소설 『내가 말하고 있잖아』는 언어 교정원에 다니며 언어 심리적 장애를 극복해 가는 열네 살 소년의 성장 과정을 보여줍니다. 말을 더듬는다는 이유로 학교에서는 외톨이로, 학교 밖에서는 이상하고 부족한 아이로 낙인이 찍힙니다. 소년은 더는 세상과 소통할 수 없다는 좌절감에 빠지고 말지요. 보다 못한 소년의 엄마는 언어 교정원에 억지로 소년을 등록시킵니다.

"사람들은 줄줄이 말을 참 잘해. 써도 써도 넘치는 말의 바다 같은 것을 갖고 있으니까. 그런데 어떤 사람에게는 그런 게 없어."

어느 날 원장이 소년에게 이렇게 말하자, 소년은 그동안 말더듬이라고 자신에게 상처 주었던 사람들의 얼굴을 하나둘 떠올립니다. 순간 소년은 증오심과 복수심에 머리가 돌아버릴 정도의 어지러움을 느끼지만, 원장이 전하는 위로의 말들이 소년의 감정을 추스르게 해줍니다. 언어 교정원에는 소년보다 더 깊은 상처를 받고 더 비정상적인 사람들이 많아 보입니다. 그리고 각자 자신의 언어를 찾기 위해 고군분투합니다. 과연 그 안에서 소년은 자신의 언어를 찾을 수 있을까요?

## 상대방의 이야기를 잘 들으면 공감 능력이 향상된다

훌륭한 공감 능력을 지녔다는 말은 상대방의 마음을 잘 '상상'할 수 있다는 의미와 통합니다. 그림책 『낱말 공장 나라』에서 필레아스가 시벨을 향해 '체리, 먼지, 의자'라고 자신의 마음을 표현했을 때 시벨이 그 의미를 이해하지 못했다면 필레아스의 진심은 전해지지 않았겠지요. 이렇게 상대방의 마음과 성격을 마음속으로 잘 그려내는 사람일수록 공감 능력이 높다고 합니다.

그렇다면 우리는 언제 상대방의 마음을 상상해볼 수 있을까요? 바로 소설을 읽을 때라고 합니다. 요크대학교의 레이몬드 미르 교수가 연구한 결과에 따르면 소설의 흐름을 따라가며 사용하는 뇌 부위와 인간관계를 다룰 때 사용하는 뇌 부위가 상당 부분 일치한다는 사실을 발견했습니다. 그 이유는 소설을 읽어가는 과정에서 등장인물의 다양한 심리를 자연스럽게 해석하게 되는데 이러한 과정이 계속 반복되면서 타인의 마음을 읽을 수 있는 능력이 향상된다는 것입니다.

간혹 수업하는 아이들의 모습을 보면 자기 이야기만 쉴 새 없이 늘어놓는 경우가 있습니다. 상대방이 말하고 있어도 들어주려 하지 않고 자신의 이야기만 끊임없이 하는 친구들 말이죠. 어떨 때는 동시에 서너 명이 이야기를 시작하더니 집중받기 위해 점점 더 큰 목소리로 자기 생각을 말할 때가 있습니다. 이런 상황이라면 순식간에 수업 분위기가 엉망이 될 수밖에 없겠지요.

심리학자 제임스 페네베이커 교수는 사람들을 작은 몇 개의 그룹으로 나누어 경청을 잘하는 사람의 태도를 연구해 보았습니다. 연구 결과, 경청을 잘하는 사람들은 듣는 자세부터 다르다고 합니다. 말하는 사람 쪽으로 몸을 기울이고, 눈을 부드럽게 마주하며 고개를 적절하게 끄덕인다고 합니다. 또한 사회에서 영향력이 높은 사람들의 보편적인 특성에 관한 연구에서도 타인의 말을 진심으로 경청하는 사람일수록 주변 동료들에게 신망을 얻는다고 합니다. 다시 말하면 공감 능력이 높은 사람일수록 상대방의 말을 잘 듣는다는 것입니다. 이것은 역으로도 성립이 가능하겠지요. 상대방의 이야기를 잘 들으면 공감 능력이 올라간다는 의미로도 말이지요.

『내가 말하고 있잖아』에 등장하는 개성 강한 언어 교정원 식구들에게 소년이 마음을 열 수 있었던 이유도 결국 서로의 이야기를 진심으로 들어주었던 그들의 따뜻한 경청 때문이었습니다.

## 자기표현을 통한 '내면 소통'의 힘

사람마다 자신만의 언어가 있다고 합니다. 『내가 말하고 있잖아』에서는 진짜 자신의 언어를 찾기 위해 자신의 말을 글로 만들어냅니다. 말로 표현하기 어려웠던 내용을 한 글자씩 꾹꾹 눌러

하얀 종이에 가득 채우고 나면 새로운 그들의 언어가 만들어지는 것이지요.

『내면 소통』의 저자 김주환 교수는 뇌 과학과 뇌영상 기법을 활용해 내면 소통의 중요성을 말합니다. 내면 소통에서는 자아 개념, 자의식, 자기 성찰 등 자아의 변화가 중요하지요. 내면 소통 의 한 형태로 김주환 교수는 글쓰기를 이야기합니다. 글은 내면 에서 일어나는 내 생각과 주장을 언어로 옮겨 놓은 것이기 때문 이에요. 소통을 위해 사회적 규칙적인 언어를 사용하는 것은 당 연한 일입니다. 이렇게 끊임없이 자기 성찰을 하고 계속 변화할 수 있도록 마음 근력을 단련시키는 것도 잊지 말아야 합니다. 마 음 근력이 강한 사람일수록 세 가지 범주가 높다고 합니다. '나'를 잘 조절하고 다스리는 '자기조절력', '너'를 비롯해 주변 사람들과 좋은 관계를 맺는 '대인관계력', 그리고 다양한 일을 스스로 동기 부여 해서 열정을 갖고 해내는 '자기동기력'이 그 세 가지입니다. 저자는 이 세 가지 범주는 결국 모두 '나'가 하는 소통이며 그중 마음 근력의 핵심은 바로 '자기 조절력'이라고 말합니다. 이렇게 되면 자신과의 대화가 긍정적이고 건강한 방향으로 전환되어 마 음의 근력이 커진다는 것이지요. 결국 자기 자신에 대해 자부심 을 느끼고, 주변 사람들을 존중하고 배려하며, 스스로 하는 일에 서 의미를 찾고 즐거워하는 사람은 행복해지게 마련입니다.

『내가 말하고 있잖아』의 주인공 소년 역시 자기 생각을 아주 구체적으로, 자세하게 글로 쓰려고 노력하지요. 그리고 소년은 생각했습니다.

'남들이 말하는 문학적 표현인가를 사용해야 하는데 그것이 무엇인지 감도 오지 않고 떠오르지도 않았다. 하지만 내 곁에 있긴 있었다. 나와 종이 이 한 뼘도 안 되는 허공 속에 아지랑이처럼 투명하게 일렁거리고 있었다. 그걸 잡을 방법이 있을까?'

이렇게 써 내려갔던 소년의 낙서는 일기가 되고, 일기는 소설이 되었습니다. 그리고 정상이라고 불리는 사회적 시선에서 볼 때, 비정상이라고 생각하는 교정원 식구들의 언어는 그들만의 새로운 언어가 되어 서로에게 위로가 될 수 있었던 것이지요. 이렇듯 공감 능력은 수많은 사람과 진심으로 소통하고 서로의 말에 경청하며 상대의 마음을 읽는 법을 터득했을 때 얻어질 수 있습니다. 무엇보다 중요한 것은 이러한 과정들이 그동안 상처받은 나 자신과의 내면 소통을 이루고 이것이 상대방을 이해하는 공감의 고리로 이어진다는 사실입니다. 나를 존중해야 타인을 존중할 수 있고 나 자신을 귀하게 여겨야 타인을 사랑할 수 있으며, 나를 용서해야 타인을 용서할 수 있습니다. 따라서 자기 자신을 잘 보살피는 사람이 타인을 배려할 수 있습니다.

## 공감을 위한 질문

**Q1** 훌륭한 공감 능력을 지녔다는 말은 상대방의 마음을 잘 상상할 수 있다는 의미와 통합니다. 그렇다면 우리는 언제 상대방의 마음을 상상할 수 있을까요?

> **가이드** 우리는 타인의 이야기를 접하기 위해 소설책을 읽기도 합니다. 그 안에 등장하는 인물들의 마음을 상상하며 공감해보는 방법도 있겠지요

**Q2** 강한 마음 근력을 키우기 위해서 세 가지 범주가 필요합니다. 무엇인지 써보세요.

> **가이드** 자기 표현을 통한 '내면 소통'의 힘을 다시 생각해 보면 알 수 있어요.

**Q3** 여러분도 오늘부터 나의 감정을 표현하는 글쓰기를 시작해 보세요. 글을 쓸 때마다 마음 근력이 단단해질 거예요.

> **가이드** 아래 '나의 감정을 표현하는 글쓰기 방법'을 참고하면 쉽게 글로 표현할 수 있어요.

## 나의 감정을 표현하는 글쓰기

나의 감정을 표현하는 글쓰기는 내가 느끼는 것에 대해 말하듯 생각나는 대로 써 내려가는 지극히 개인적이고 감정적인 글쓰기입니다. 서사의 내용에 담긴 인물, 사건, 기억, 대상보다는 감정 표현이 더 중요하지요. '어떤 일'이 일어났는지보다 일

어난 일에 대해 '내가 어떻게 느끼는가'가 더욱 중요합니다.

## 나의 감정을 표현하는 글쓰기 방법

하루에 15분 정도 자신의 감정을 글로 표현해 보세요. 최소한 3~4일 동안 꾸준히 하루에 15분 정도 써보기를 연습해 봅니다.

① 앞으로 3~4일 동안 삶에 영향을 준 매우 중요한 감정적인 문제에 대해서 여러분의 가장 깊은 곳에 있는 생각과 감정을 글로 적어보세요.

② 글을 작성할 때 본인의 깊은 감정과 생각을 탐험하는 것이 중요해요.

③ 글의 내용은 부모님, 친구 또는 친척을 포함한 다른 사람들과의 관계에 관한 것일 수도 있고, 과거, 현재, 미래의 나에 대한 것일 수도 있어요.

④ 글을 쓰는 기간 동안 하나의 주제에 집중해도 좋고, 매일 다른 주제를 생각해볼 수도 있어요.

⑤ 철자법, 문장 구조, 혹은 문법에 대한 걱정은 내려놓으세요. 한 가지 규칙은 일단 쓰기 시작하면, 시간이 다 될 때까지 계속 써 내려가는 것이에요.

# 공감은 실과 바늘로 상처를 꿰매는 것

_ **임하영**(은여울중학교 2학년)

책을 읽기 시작한 후 몇 문장이 눈에 들어왔습니다.

'나는 잘해주기만 하면 사랑에 빠지는 사람이다.'

'잘해주기만 하면 돌멩이도 사랑하는 바보였지.'

저는 이 문장들을 읽으며, '친절함만 믿고서 좋아하게 되면 그 사람이 나에게 상처를 줬을 때 정말 큰 상실감으로 다가올 수 있겠구나.'라고 생각했습니다. '그래서 나는 착한 사람을 좋아하지 않기로 했다.'라는 문장을 통해 주인공이 얼마나 큰 상처를 받았는지 공감되어 더 안타까웠습니다.

이 책을 읽으며 6학년 때 정말 믿었던 친구에게 "시험지에 비가 내린다."라는 말을 들었던 기억이 떠올랐습니다. 사실 그때는 공부하려는 의지가 없었습니다. 하지만 제 마음을 더 깊이 들여다보면 공부에 의지가 없었던 것보다, 공부를 했음에도 결과가 좋지 않을까 두려웠던 것 같습니다. 친구의 말에 상처를 받고 나도 이 글의 주인공처럼 '사람을 이제 믿으면 안 되겠구나.'라는 생각을 했습니다. 그리고 가족들이 공부를 못하는 내 모습을 보고 떠날까 봐 무서웠던 적도 있습니다. 그런 점을 보면 '난 정말 주인공과 닮은 점이 많구나.'라는 생각을 했습니다.

어느 날 주인공은 자신의 이모에게 "이모, 이모는 왜 살아요?"라는 물음을 던집니다. 그 질문에 이모의 대답은 "그냥 산다."였습니다. 삶에 이유를 찾게 되면 더 피곤해진다는 이유와 함께. 나는 이 말이 무슨 말인지 조금은 알 것 같았습니다. 나도 내가 왜 사는지를 스스로에게 자꾸 물어보지 않았다면 좀 더 삶이 즐겁지 않았을까 하고 말입니다.

이 글의 주인공은 누군가 그의 말을 경청해 주고 공감해 주는 것이 큰 힘이 되었을 것입니다. 제가 생각하는 공감은 실과 바늘입니다. 왜냐하면 혼자 끙끙대며 말하지 못했던 고민을 나누고, 마음을 위로하며 함께 소통하는 것은 마치 실과 바늘로 상처를 꿰매는 것과 같다는 생각이 들기 때문입니다. 저도 누군가가 제 이야기에 공감해주면 정말 기분이 좋습니다. 저를 존중해주는 것 같고, 이해받는 것 같아서 하늘을 나는 기분이 듭니다. 이 글의 주인공 역시 자신의 마음을 이해해 주는 따뜻한 언어 교정원 식구들 덕분에 말하는 것이 조금 편안해짐을 느꼈을 것입니다.

『내가 말하고 있잖아』는 독자들에게 용기를 주는 책인 것 같습니다. 저도 앞으로 제가 하는 일에 있어서 자신감과 용기가 생겼으면 좋겠습니다. 그리고 여전히 용기를 내지 못하고 있는 모든 사람이 이 책으로 인해 위로받길 바랍니다.

# 공감도 배워야
# 한다고요?

## 2

Chapter

01

# 편견 없이 이해하고
# 상상한다는 것

잘　공감하려면　타인의
입장이　되어　타인이　처
한　상황에　관심을　기울
여야　하고,　그들이　'주
장'하는　것의　원인과　
해결책을　찾기　위해　사
회적　문화적으로　조망할
줄　아는　지식이　필요합
니다.
　　　　　　　　－임성미

『나는 옐로에 화이트에 약간 블루』
브래디 미카코 지음 / 다다서재

공감전문가 브래디 미카코가 쓴 책. 일본인인 그는 영국인 남편, 중학교 1학년인 아들과 함께 런던에서 20년째 살고 있다. 자신을 '옐로에 화이트에 약간 블루'라고 표현했던 중학생 아들이 다니는 학교는 저자의 말대로 하자면 '밑바닥 학교'다. 무상 급식 대상자와 중산층, 이민자와 원주민, 백인과 유색인들이 섞여 있다. 저자의 아들은 인종과 국적, 문화가 서로 다른 배경을 가진 친구들 사이에서 인종차별, 빈부 차이, 이민자에 대한 혐오 등 복잡 미묘한 갈등과 고민을 겪으면서 성장한다.

연세대학교 학생 몇 명이 같은 학교 청소 노동자들의 학습권 침해를 이유로 고소한 일이 한동안 세상을 떠들썩하게 했습니다. 청소 노동자들은 시급 400원 인상과 휴게실 마련을 주장하며 하루에 한 시간씩 시위했는데, 이들을 고소한 학생들은 청소 노동자들 때문에 교수님들의 말씀이 들리지 않아서 학습권을 침해당했다고 주장했습니다.*

특히 눈길을 끌었던 점은 청소 노동자들이 자신들이 낸 등록금으로 월급을 받는 사람들이기 때문에 학습권을 침해해서는 안 된다는 논리를 편 것이었습니다. 이들의 고소가 사회적 논란이 된 후 연세대 학생 3,000명이 청소 노동자들과 연대하겠다고 나섰고, 학교 측에서도 원만한 합의를 진행한 것으로 알려졌지만, 당시 논란에서 우리에게 숙제처럼 남은 질문은 "해당 대학생들은 대체 왜 청소 노동자들의 행동에 공감하지 못했는가?"였습니다.

## 엠퍼시와 심퍼시

이 주제를 중학생과 나눴을 때, 몇몇 학생들은 청소 노동자를 고소한 학생에 대해 이렇게 말했습니다. "아예 관심조차 없었던

---

* 2022. 7. 17. 한겨레 칼럼 김만권의 〈연세대 청소 노동자와 학생의 권리 어느 게 우선일까?〉

것 같은데요. 청소 노동자들과 자신들은 전혀 관계가 없다고 생각하고, 공감 자체를 하고 싶지 않았을 것 같아요.", "당장 자신들이 피해입었다는 사실에만 집중해서 그래요.", "청소 노동자들 복지 문제는 학교 측과 해결할 문제이지 자신들과는 상관없는 일이라고 여기는 거지요.", "돈 내는 사람이 갑이라는 생각 때문에 그런 거예요.", "등록금이 너무 비싼 것도 원인 중 하나가 아닐까요?", "이렇게 이기적인 생각을 드러내는 것이 솔직하고 당당한 거라고 여기는 것 같아요. 누구나 이기적인 거 아냐, 하면서요."

학생들의 여러 반응을 들으면서 다시 한번 공감이란 무엇인지, 왜 공감해야 하는지 말하고 싶어졌습니다. 일반적으로 공감은 엠퍼시Empathy와 심퍼시Sympathy로 나누어 설명하곤 합니다. 옥스퍼드 영영 사전에서 엠퍼시는 "타인의 감정이나 경험을 이해하는 능력"이라고 나와 있고, 심퍼시는 "누군가를 가엾게 여기는 감정, 누군가의 문제를 이해하고 걱정하고 있음을 드러내는 것, 어떤 사상이나 이념, 조직 등에 지지나 동의를 표하는 행위, 비슷한 의견이나 관심을 가진 사람들 사이의 우정이나 이해"라고 설명되어 있습니다. 즉 엠퍼시는 감정이입으로, 심퍼시는 동정이나 연민, 동조 등으로 말해집니다.

공감을 주제로 여러 책을 썼던 브래디 미카코는 『타인의 신발을 신어보다』에서 공감을 인지적 엠퍼시와 감정적 엠퍼시로 나누어 설명합니다. 인지적 엠퍼시는 "타인이 어떻게 느끼고 생각하는지에 대해 전면적이고 정확한 지식을 갖는 일" 또는 "타인의 신발을 신고, 그 사람의 생각과 감정을 상상하는 힘"입니다. 감정적 엠퍼시는 "타인의 감정을 느끼는 일, 타인의 고통을 본 반응으로서 개인이 느끼는 고뇌, 타인을 향한 연민의 감정"이라고 서술하고 있습니다.

공감에 대한 이런 개념으로 보았을 때 앞에서 청소 노동자들을 고소한 대학생들의 행동은 엠퍼시와 심퍼시 모두 부족한 상태였음을 알 수 있습니다. 그들이 타인의 입장이 되어 상상해 보는 이해 능력이 있었다면, 청소 노동자들의 삶에 관심을 기울이고, 청소 노동자들도 자신들과 같은 울타리에서 매일 만나는 대학공동체의 일원이요, 이웃임을 깨달았을 것이고, 그 문제를 해결하기 위해 어떤 행동을 할 수 있을지 방법을 찾았을 것입니다.

이런 과정이 곧 인지적 엠퍼시입니다. 잘 공감하려면 타인의 입장이 되어 타인이 처한 상황에 관심을 기울여야 하고, 그들이 주장하는 것의 원인과 해결책을 찾기 위해 사회적 문화적으로 조망할 줄 아는 지식이 필요합니다. 그래서 브래디 미카코는 엠퍼시가 일종의 기술이고, 능력이라고 말했습니다.

## 갈등과 문제 속에서도 공감을 통해 성장한다

『나는 옐로에 화이트에 약간 블루』는 공감전문가 브래디 미카코가 쓴 책입니다. 일본인인 그는 영국인 남편, 중1인 아들과 함께 런던에서 20년째 살고 있습니다. 자신을 '옐로에 화이트에 약간 블루'라고 표현했던 중학생 아들이 다니는 학교는 저자의 말대로 하자면 '밑바닥 학교'입니다. 무상 급식 대상자와 중산층, 이민자와 원주민, 백인과 유색인종들이 섞여 있습니다. 저자의 아들은 인종과 국적, 문화가 서로 다른 배경을 가진 친구들 사이에서 인종차별, 빈부 차이, 이민자에 대한 혐오 등 복잡 미묘한 갈등과 고민을 겪으면서 성장합니다.

책 속에는 영국 사회의 복지 문제에서부터 뿌리 깊은 차별과 혐오, 분열과 갈등이 여지없이 드러납니다. 이민자에 대한 시민들의 이중적 태도, 하층 계급을 바라보는 중산층의 차가운 시선은 물론이고, 자신들도 이민자이면서 다른 이민자와 유색인종을 차별하는 아이들도 있습니다.

중학생들과 책을 읽은 후 "내 옆에 앉은 친구가 아시아인이라는 이유로 나를 조롱한다면 어떨까?", "사립학교와 공립학교의 계급을 뚜렷하게 나누어버린 행사에서 불편함을 느껴도 아무 말도 할 수 없다면 어떨까?", "아시아인을 차별하는 동유럽 출신 학생이 백인 유럽인으로부터 '못 배운 동유럽인들'이라는 말을 듣는다면 어떤 마음일까?" 등의 질문을 던지고 이야기를 나누었습니다. 학생들은 이런 차별과 혐오가 영국 사회만의 문제가 아니라는 점에 동의하는 분위기였습니다.

그렇다고 이 책이 어둡고 무거운 이야기만 다루고 있는 건 아닙니다. 여러 문제 속에서도 사람들은 서로 돕고 의지하면서 희망을 꿈꾸며 살아갑니다. 루마니아 출신 이주민 가정을 돕는 저자의 남편, 교복 재활용 자원봉사를 하는 어머니들과 교사들, 따돌림당하는 친구를 걱정하는 아들, 그리고 아무런 대가를 바라지 않고 사람들에게 선의를 베푸는 사람들이 그렇습니다.

이 책에서 가장 멋진 공감 장면은 아마 '친구에게 교복을 건네는 장면'일 것입니다. 글쓴이는 학교에서 교복 재활용을 하는 봉사활동을 시작하는데, 헌 교복을 기증받아서 수선한 다음 저렴한 가격으로 팔거나, 필요로 하는 아이들에게 나눠주는 것입니다. 어느 날 엄마와 아들은 아들의 같은 반 친구인 팀에게 수선한 교복을 주기로 마음먹습니다. 한데 문제는 어떻게 전해 주는가입니다. 학교에 가져가서 주면 친구들이 그것을 볼 테고 팀이 받지 않으려고 할 것입니다. 집에 돌아오는 길에 단둘이 있을 때 주는 것도 쉽지 않을 것 같았습니다. 수선한 교복을 받을 때 외려 자신의 가난이 친구에게 들킨 것 같아 자존심이 상할 수 있기 때문입니다.

결국 집으로 초대하기로 합니다. 글쓴이가 교복을 수선하고 있는 거실에서 팀과 아들은 게임하며 놀았고, 드디어 팀이 집으로 돌아가려고 할 때, 아들이 팀에게 쇼핑백을 내밉니다.

"엄마가 고친 거야. 마침 우리 사이즈라서 슬쩍 챙겨둔 건데, 너도 필요할까 해서."

"가져도 괜찮아?"

"당연하지."

"왜 나한테 주는데?"

"친구니까, 너는 내 친구니까."

그러자 팀은 고맙다고 말하고 아들과 하이파이브를 한 다음 쇼핑백을 들고 나갔습니다.

참 오래도록 여운이 남는 장면입니다.

## 과도한 공감은 위험하다고?

위 장면에서도 느낄 수 있듯이 타인의 어려운 처지와 감정에 공감하고 도움을 주는 것은 꽤 세심한 배려가 필요합니다. 흔히 공감은 좋은 것이라는 등식을 갖고 있을 수 있지만, 어설픈 공감이나 과도한 공감이 문제가 될 수도 있습니다. 『공감의 배신』을 쓴 폴 블룸은 공감의 위험성을 언급합니다.

그는 어떤 특정 대상에 몰두하는 '감정적 엠퍼시'의 문제를 지적합니다. 쉬운 예로 의료 계통에서 일하는 사람 중에 자신이 돌보던 환자의 죽음을 보면서 심한 절망감과 죄책감으로 인해 실제로 잠을 못 이루거나 물리적 통증을 느끼는 사람이 있는데, 이런 경우도 감정적 엠퍼시가 지나치게 작동한 예라고 할 수 있을 것입니다.

또 피해자의 아픔에 너무 강하게 몰두한 나머지, 피해자를 대신해서 복수할 마음을 먹는 것도 큰 문제입니다. 불행한 사건이 일어났을 때 피해자 가족들은 그 사건이 너무 오랫동안 사람들입에 오르내리면서 심리적으로 매우 힘들 수 있습니다. 이는 지나치게 감정적 엠퍼시에 빠진 사람들에 의해 계속 뉴스의 초점이 되는 일입니다. 더 위험한 것은 피해자에 대한 동정심이 너무 지나쳐서 가해자로 알려진 사람을 '마녀사냥' 식으로 매장해야만 직성이 풀리는 집단행동입니다.

폴 블룸은 또 감정적 엠퍼시에 빠지다 보면 어떤 사건의 전체 맥락이나 비중을 고려하지 않고 특정한 몇몇 사건이나 인물에게 집중하는 경향을 보일 수 있다고 주장합니다. 가끔 사회적으로 이슈가 된 뉴스들을 보면 감정적 엠퍼시가 심하게 작동하여 사소한 사건이 지나치게 부각된 경우도 적지 않습니다.

이렇듯 제대로 공감한다는 것은 생각만큼 단순하지 않습니다. 동정이나 연민, 동조와 같은 심퍼시(감정적 엠퍼시)에는 '능력'이라는 말을 붙이지 않지만, 인지적 엠퍼시는 '공감 능력'이라고 말하는 것만 보아도 공감은 노력을 통해 길러야 하는 능력이고 기술임을 다시 확인할 수 있습니다. 그렇다면 이제 우리에게 남겨진 과제는 "어떻게 인지적인 편견에 빠지지 않고 균형 잡힌 시각으로 상대방의 처지와 입장을 이해하고 상상할 줄 아는 능력을 기를 수 있을 것인가?"일 것입니다.

### 공감을 위한 질문

**Q1** 이 책에 나온 것처럼 피부색, 인종, 외모, 국적 등으로 인해 차별이나 갈등을 경험했거나 가까이서 본 사례가 있나요? 그럴 때 어떻게 공감할 수 있는지 이야기를 나눠보세요.

> **가이드** 직접 경험이 없으면 드라마나 영화, 책에서 본 것이 있는지 생각해 보세요.

**Q2** 다니는 학교나 지역사회 등에 이주민이나 외국인을 돕는 단체들이 있는지 알아보세요.

> **가이드** 구청이나 동사무소, 복지기관, 종교기관 등의 홈페이지에 들어가 보면 찾을 수 있을 것입니다.

**Q3** 지나친 공감으로 인해 고민에 빠졌거나 힘들었던 경험이 있으면 나눠 보세요.

> **가이드** 힘든 사람을 만나고 나면 누구나 마음이 아프고 안타까움을 느낍니다. 하지만 지나치게 감정에 빠져서 다른 사람의 조언을 무시한 채 괴로워하는 것은 올바른 공감이 아니지요.

# 공감을 키우려면 청소년도 정치교육이 필요하다

_ 윤채영(문래중학교 2학년)

이 책의 주된 내용은 작가의 중학생 아들이 학교에서 있었던 일을 엄마에게 들려주고 진지한 대화를 나누는 것입니다.

저는 이 책을 우리나라 중학생들에게 읽어볼 것을 강력하게 추천하고 싶습니다. 이 책은 작가를 엄마로 둔 평범한 영국 중학생의 일상을 다루고 있기에 누구나 쉽게 공감할 수 있는 내용을 담고 있습니다. 우리가 기대하는 드라마틱한 일상이나 학교생활이 아닌 현실의 모습을 있는 그대로 솔직하게 담고 있습니다.

인상적인 장면은 뮤지컬 공연에 일어난 일입니다. 작가의 아들은 함께 뮤지컬 공연을 준비하는 다니엘이라는 학급 친구가 다른 흑인 여자아이에게 심한 인종차별적인 말을 하는 걸 듣습니다. 그는 다니엘에게 몹시 화가 났지만, 엄마와 나눈 대화를 떠올리며 다니엘을 지켜보기로 합니다. 그리고 마침내 다니엘이 화해의 손길을 내밀게 됩니다. 이렇듯 작가의 아들이 현명하게 대처하는 모습들은 나보다 한 살 아래지만 참 배울 점이 많습니다.

이 책을 읽어야 하는 다른 이유는 영국의 교육 방식에서 본받을 부분이 있기 때문입니다. 영국은 중학생 때 의무적으로 '시티즌십 에듀케이션'이라는 교육을 실시합니다. 시티즌십 에듀케이션이란 시민교육, 정치교육, 공민교육 등을 말합니다. 우리나라는 수업 시간에 역사는 배우지만 정치 관련 이야기는 금기입니다.

하지만 저는 정치 교육을 꼭 해야 한다고 생각합니다. 왜냐하면 청소년 때부터 정치가 무엇이고, 어떤 방향으로 생각해야 하는지, 정치에 참여하지 않으면 어떤 문제가 생기는지 등 기초적인 지식부터 배워야 한다고 생각합니다. 또한 정치적인 개념만이 아닌 직접 어떤 정책을 두고 논쟁을 펼칠 수 있는 시간도 필요합니다. 만약 개념만 배우고 자기 생각을 펼칠 줄 모르면 배우는 의미가 없기 때문입니다.

마지막으로 이 책을 읽고 던져본 질문은 "우리는 항상 차별하면 안 된다고 배우면서도 왜 여전히 차별이 없어지지 않는가?"입니다. 아마 대한민국에서 이걸 안 배운 학생은 없을 것입니다. 이 책에 나오는 영국의 중학교에서도 당연히 차별은 안 된다고 배웠을 것입니다. 그런데도 차별이 계속 일어난다는 것은 교육의 문제도 있겠지만 사회의 문제가 더 크다고 생각합니다. 그렇기에 이 문제는 교육만이 아닌 사회적으로 더 중대하게 다뤄져야 한다고 봅니다. 또 인간성을 깎아내리는 차별이 사라지려면 이런 책들이 더 많이 나오고 읽혀져야 할 것입니다.

# 관계 안에서
# 공감을
# 이끌어내는 웃음

'웃음'은　관계　안에서　공감을　이끌어냅니다.　과학자들은　웃으면　건강한　신경전달물질이　생산된다는　사실을　밝혀냈습니다.　심지어　우리　몸은　가짜　웃음과　진짜　웃음의　차이를　잘　인식하지　못한다는　말도　있습니다.　그러니까　가짜일지라도　자꾸　웃는　게　좋다는　것이지요.

－ 임성미

『처절한 정원』
미셸 깽 지음/문학세계사

반인륜적 범죄였던 제2차 세계대전을 배경으로, 나와 다른 생각이나 신념을 갖고 있더라도 그가 나와 같이 존엄성을 지닌 인간임을 잊지 않는 것, 소통하려고 노력하는 것이 중요하다고 우리에게 말해주는 책.

여기 네 명의 남자가 언제 죽을지 모르는 비참한 처지가 되어 흙구덩이에 갇혀 있습니다. 벌써 사흘째입니다. 구덩이는 지붕 없이 하늘로 뚫려 있어서 간밤에 내린 비로 네 사람은 흠뻑 젖고 온몸은 진흙투성이였습니다. 게다가 배도 몹시 고팠습니다. 네 사람은 살 의지를 잃은 상태로 흙벽에 기대어 겨우 숨을 쉬고 있었지요.

그때 저 위에서 "자, 여길 보게." 하는 소리가 들렸습니다. 쳐다보니 자신들을 지키는 독일군 보초병이 묘한 동작을 하기 시작합니다. 샌드위치를 들고 공처럼 던지더니 그걸 잡지 못해 비틀거리고 숨넘어가는 동작으로 겨우 낚아챕니다. 서커스 공연에서나 볼 수 있는 어릿광대의 익살스러운 묘기와 몸짓이었습니다. 보초병은 한참 동안 열연하다가 샌드위치를 구덩이로 던졌고, 네 사람은 그걸 받아 허겁지겁 나눠 먹습니다. 보초병의 어릿광대 연기는 프로급이었습니다. 어느새 구덩이 안의 인질들은 자신들의 불행한 처지를 잊을 정도로 포복절도하며 웃기에 이르렀지요.

독일군 보초병의 이름은 베른이었고, 그의 직업은 어릿광대였습니다. 구덩이 속의 네 명은 얼마 전에 있었던 기차역 폭파 사건의 범인을 잡으려고 독일군이 잡아 온 인질이었습니다. 몇 시간 내로 범인이 자수하지 않으면 넷은 처형될 처지였습니다. 그러다 느닷없이 네 사람은 죽음의 문턱에서 기적적으로 풀려납니다. 그 이유는 진짜 범인이 자수하여 처형당했기 때문이라고 했습니다.

그런데 이 소설의 핵심은 스스로 범인이라고 자수하여 처형당한 사람이 사실은 진짜 범인이 아니라는 데 있습니다. 사건의 전말은 이렇습니다. 독일군이 프랑스를 침공하여 비시 정권을 수립하자 많은 프랑스인이 레지스탕스 활동을 했습니다. 갓 스물을 넘긴 두 청년도 레지스탕스에 가입했고 첫 지령을 받았습니다. 그것은 기차역 변압기를 폭파하여 독일 군대 수송에 타격을 가하라는 것이었지요.

두 청년은 무모할 정도로 과감하게 지령을 수행했고 변압기를 폭파하는 데 성공했습니다. 그런데 그만 두 청년이 폭파범을 잡기 위한 인질로 잡혀서 구덩이에 갇힌 것입니다. 두 청년을 독일군에 넘긴 사람들은 프랑스 헌병대원들이었는데, 이들은 예전에 자신들이 지지하던 축구클럽이 두 청년이 속한 축구단에 패배한 것에 앙심을 품고 둘을 독일군에 넘겼습니다.

그렇다면 두 청년을 대신하여 자신이 진짜 범인이라고 거짓 고백을 하여 처형당한 사람은 누구였을까요? 바로 기차역에서 일하던 전기공이었습니다. 전기공은 기차역이 폭파될 때 심한 화상을 입어서 목숨이 위중한 상태였습니다. 전기공의 아내는 독일군이 인질들을 죽일 거라는 소식을 듣고 전기공에게 거짓 자수를 권했고 전기공도 아내의 말에 따른 것입니다. 결과적으로 전기공은 자신을 죽게 만든 두 청년을 살리고 죽었습니다.

## 공감은 우리 모두 존엄한 존재임을 깨닫게 하는 것

책의 제목만큼이나 처절한 이 소설을 청소년들과 함께 읽었을 때 모두 전기공과 독일군 베른의 행동이 가장 강렬하게 남는 다고 했습니다. 아무리 심한 화상을 입었고, 곧 죽을 상황이더라 도 인질들을 살리려고 처형을 선택할 수 있는 용기를 낼 수 있다 는 것이 정말 경이롭고 숭고함마저 느낀다고요.

비록 독일군이었지만 유창한 프랑스어를 구사하며 인질들을 적이 아닌 같은 인간으로 여기고 그들의 처지에 깊이 공감하는 베른의 모습도 깊은 인상을 주었습니다. 그가 어릿광대로서 인질 들을 웃게 하여 인질들이 진흙 구덩이에서 뒹굴면서 크게 웃는 모습에서 해방감을 느꼈다고 말하는 학생도 많았습니다. 그 순간 가슴 저편에서 찡한 무엇이 느껴지고 막힌 경계가 허물어지는 것 을 느꼈다고 했습니다. 이는 아마도 "아, 우리는 모두 같은 인간이 구나!" 하는 보편적 인간성에 대한 연대 의식일 겁니다.

베른이 만든 그 '웃음'은 죽음에 대한 처참한 환경이 주는 두 려움에서 벗어나 우리 존재의 기쁨을 인식하게 해주었습니다. 어 쩌면 그 웃음은 외부의 억압이나 심지어 총칼 앞에서도 사라질 수 없는 '인간성' 그 자체를 의미할 것입니다. 함께 웃는 그 순간, 독일군 병사와 인질범들은 국적을 초월했고, 아군과 적군이라는 경계가 허물어졌습니다.

인질들이 제비뽑기하여 먼저 죽을 사람을 뽑으려고 하자 베 른은 이렇게 말합니다. "죽고 사는 일을 타인의 손에 맡기거나, 다 른 사람의 목숨을 빼앗는 대가로 자신이 살아난다면 인간으로서 존엄성을 포기하는 것이고, 악이 선을 이기는 것에 동의하는 것이라고 생각하네. 악의 편에 있는 독일 군복을 입고 있는 나 자신이 부끄러울 따름이야."

베른은 다수를 살린다는 이유로 누군가를 쉽게 희생시켜도 된다는 것에 격분합니다. 이는 마치 히틀러가 독일인과 인류를 위해 유대인을 죽여도 된다고 외친 것이나 다름없는 사고라는 것이지요. 베른의 이 말에서 우리는 공감이란 단지 상대방의 처지와 감정에 불쌍함을 느끼고 안타까워하는 것만이 아니라, 우리 모두 얼마나 존엄한 존재인가를 깨닫도록 하는 것임을 알 수 있습니다.

## 흑백논리에서 벗어나기

『처절한 정원』은 우리에게 공감력을 키우기 위한 두 가지 방법을 알려 줍니다. 첫째는 '웃음'의 힘입니다. 베른이 보여준 아름다운 공감 행위는 인질이었던 한 청년의 삶을 바꾸었습니다. 그 청년은 전쟁이 끝난 후 초등교사로 일하면서 주말이면 전국을 돌며 어릿광대를 하여 사람들을 웃게 했습니다. 그는 커다란 신발을 신고, 알록달록한 낡은 옷을 입고, 그 위에 부엌에서 쓰는 자질구레한 도구들을 매달았습니다. 붉은 코를 달고, 부인이 쓰다 버린 레이스로 옷을 장식했습니다. 무대에서 그는 혼자서 따귀를 때리고 엉덩이를 걷어차이는 시늉을 하며 눈물이 나도록 고독한 원맨쇼를 했습니다. 그러면 사람들은 즐거워서 배꼽에서부터 서

서히 올라오는 웃음을 참지 못하고 입을 한껏 벌리며 신나게 웃는 것이었습니다.

그는 왜 어릿광대가 되었을까요? 그것은 아마도 처절한 정원의 구덩이 안에서 죽음을 기다리던 자신을 웃게 만든 베른을 기억하기 위함일 것입니다. 자신을 위해 죽은 전기공에 대한 미안함과 감사함, 그리고 전쟁의 상처로 아파하는 많은 사람을 위로하고 사람들에게 '웃음'에 담긴 깊은 의미를 전하고 싶었을 테죠.

앞에서도 말했듯이 '웃음'은 관계 안에서 공감을 이끌어냅니다. 과학자들은 웃으면 건강한 신경전달물질이 생산된다는 사실을 밝혀냈습니다. 신경세포 사이에 폭발하듯 흘러나오는 호르몬이 행복감과 즐거움을 만들어내고 배꼽이 빠질 정도로 신나게 웃으면 통증까지 사라진다고 합니다. 심지어 우리 몸은 가짜 웃음과 진짜 웃음의 차이를 잘 인식하지 못한다는 말도 있습니다. 그러니까 가짜일지라도 자꾸 웃는 게 좋다는 것이지요.

둘째는 흑백논리나 이분법적 사고에서 벗어나려고 노력해야 한다는 것입니다. 어릿광대를 하던 그가 아들에게 '역사의 흑백논리'는 어리석은 짓이라며 독일어를 배우도록 한 것도 그런 이유입니다. 우리는 자주 흑백논리를 내세워 정의를 말하곤 합니다. '내가 옳다.'는 것을 주장하려다가 '너는 틀리다.'라고 공격하게 되고, 어느 순간 서로의 약점을 물어뜯으며 진흙탕 싸움을 하게 됩니다. 하지만 흑백논리는 그 뿌리가 매우 깊습니다. 그만큼 무의식적이고, 집단적이고 이념적입니다.

결국 흑백논리를 극복하는 길은 인간에 대한 깊은 이해와 공감입니다. 나와 다른 생각이나 신념을 갖고 있다 하더라도 그가 나와 같이 존엄성을 지닌 인간임을 잊지 않는 것, 소통하려고 노력하는 것임을 이 짧은 소설은 우리에게 말하고 있습니다.

## 공감을 위한 질문

**Q1** 소설 속에서 두 청년, 즉 화자의 아버지와 삼촌은 레지스탕스에 가입한 것을 두고 "나와 네 아버지는 장난 비슷하게 레지스탕스에 들어갔어. 처음에는 마치 무도회에 춤추러 가는 기분이었지.", "변압기를 폭파한 후에 별로 기대하지도 않은 일이 너무 쉽게 이루어졌을 때 느끼는 그런 기분이었어. 아무 생각도 없이 복권을 샀는데 그게 당첨되었을 때 그런 기분 말이야."라고 회상합니다. 이런 두 청년의 태도에 대해 어떻게 생각하나요?

**가이드** 두 청년은 당시에 20대 초반의 나이였습니다. 일종의 영웅 심리에 의해 레지스탕스에 가입했을 수도 있을 것입니다. 두 청년의 입장이나 마음이 되어 생각해 보세요.

**Q2** 어릿광대였던 독일군 보초병 베른은 어떻게 '공감력'을 기를 수 있었을까요?

**가이드** 소설에서는 베른이 왜 어릿광대가 되었는지는 나와 있지 않습니다. 영화나 드라마, 다른 소설 등에서 공감력이 뛰어나고 유머가 있는 사람들의 특징을 생각해 보세요.

**Q3** 공감을 방해하는 흑백논리의 사례를 주변에서 찾아보세요.

**가이드** 옳고/그름, 좋다/나쁘다, 선/악 등으로 나누어 다투는 사람들을 주변에서 흔하게 만날 수 있어요.

# 공감으로 지켜낸 인간 존엄성

_ **차루미**(대영중학교 1학년)

이 소설의 첫 장에는 기욤 아폴리네르의 시 일부, "우리의 처절한 정원에서 석류는 얼마나 애처로운가!"라는 시구가 적혀 있습니다. 처음 보았을 때는 어리둥절했지만 책의 내용이 제2차 세계대전을 배경으로 하고 있다는 알았을 때 딱 맞는 구절이라고 생각했습니다.

소설 속 주인공은 어린 시절 어릿광대로 생일파티나 공연에 등장하는 아버지가 부끄러웠습니다. 그런데 어느 날 삼촌을 통해 아버지가 왜 돈을 받지 않고 자신의 시간을 포기하면서까지 어릿광대로 봉사하게 되었는지 이야기를 듣게 됩니다. 그 이야기는 제2차 세계대전 중에 레지스탕스 요원이 된 아버지와 삼촌이 변압기를 폭파하면서 시작됩니다. 변압기는 폭파했지만 아버지와 삼촌은 그만 폭파범을 잡기 위한 인질로 독일군에게 잡혀 다른 인질 두 명과 함께 구덩이에 갇히게 되었습니다. 네 사람은 변압기를 폭파시킨 사람이 자수하지 않으면 죽을 운명에 처한 것입니다. 어느 날 네 명 중 먼저 죽을 사람을 고르라는 독일군의 명령이 내려지자 아버지와 삼촌은 자신들의 탓으로 다른 두 사람이 죽게 생겼으니 먼저 죽겠다고 하는 게 낫지 않느냐며 토론했습니다. 하지만 그때 구덩이를 지키고 있던 독일군 감시병 베른이 이렇게 충고합니다. 다수를 위해 한 사람이 희생해도 좋다는 논리에 굴복해서는 안 된다고요. 결국 네 사람은 끝까지 끈끈한 우정을 유지하며 서로를 지키고 같이 죽기로 결심합니다. 그렇게 죽을 결심을 하던 순간에 뜻밖에도 가짜 범인이 자수를 해서 네 사람은 풀려나게 됩니다. 주인공의 아버지가 어릿광대가 되어 봉사하게 된 것은 바로 감시병 베른의 직업이 어릿광대였기 때문입니다.

사람은 본래 자신을 둘러싼 환경을 닮는 법입니다. 서로를 사랑하는 환경에서는 친절해지기 나름이고, 서로를 모욕하는 환경에서는 부정적으로 바뀌기가 쉽습니다. 하지만 소설에서 구덩이에 빠진 네 사람은 베른의 충고 덕분에 언제 죽을지 모르는 처절함 속에서도 인간으로서의 존엄성을 지킬 수 있었습니다.

제 생각에 그들이 인간의 존엄성을 지킬 수 있었던 것은 바로 공감 덕분이라고 생각합니다. 이들은 자신이 당하는 고통을 다른 사람은 당하지 않기를 바라는 마음을 가졌습니다. 그랬기 때문에 인간의 본질을 억압하며 뒤틀려고 하는 환경 속에서도 굴복하지 않고 끝까지 인간의 존엄성을 유지하려고 하였습니다. 힘과 권력, 무기로 사람을 때리고 죽이고, 고문하더라도 사람들의 진정한 마음, 행복한 관계, 그리고 인간의 존엄성은 가져갈 수가 없는 법입니다.

공감을 통해 존엄성을 지킨 주인공의 아버지의 삼촌은 처절한 정원 속 애처롭지만 생명력이 넘치는 석류들이었습니다.

우리가 타인의 아픔에 공감할 수 있을 때 진실할 수 있고 인간의 존엄성도 지켜질 것입니다.

# 관광객은 요구하고,
# 순례자는 감사한다

|  | 순 | 례 |  | 씨 | 처 | 럼 |  | 자 | 기 | 가 |
| 가 | 진 |  | 삶 | 의 |  | 경 | 험 | 을 |  | 다 |
| 른 |  | 사 | 람 | 과 |  | 나 | 누 | 고 |  | 도 |
| 움 | 의 |  | 손 | 길 | 을 |  | 내 | 밀 | 면 | 서 |
| 타 | 인 | 에 | 게 |  | 공 | 감 | 하 | 는 |  | 사 |
| 람 | 이 |  | 인 | 생 | 의 |  | 진 | 정 | 한 |  |
| 순 | 례 | 자 | 입 | 니 | 다 | . |  |  |  |  |
|  |  |  |  |  |  | _ | 이 | 홍 | 명 |  |

『순례주택』
유은실 지음 / 비룡소

75세 인생의 달인 순례 씨와 16세 어른스러운 수림의 기막힌 만남과 재미
난 동거를 그린 인생 순례기. 약간은 막 가는 수림이네 네 식구가 쫄딱 망
한 뒤, 돌아가신 외할버지의 옛 여자친구의 빌라 '순례 주택'으로 이사 가면
서 벌어지는 이야기다.

75세 인생의 달인 순례 씨와 16세 어른스러운 수림의 기막힌 만남과 재미난 동거를 그린 인생 순례기, 유은실 작가의 책 『순례주택』은 제목이 독특합니다. '순례'라는 단어와 '주택'이 붙어 있어 호기심을 자극합니다. 순례주택은 '순하고 예의 바르다'는 뜻의 순례順禮에서 '지구별을 여행하는 순례자'의 마음으로 살고 싶어 순례巡禮로 개명한, 순례 씨가 지은 집의 이름입니다. 순례주택에는 모두 여섯 세대가 살고 있습니다. 402호에 사는 순례 씨가 주인이고, 나머지 다섯 세대는 세입자로 거주합니다. 순례 씨는 목욕탕 세신사로 일해서 착실히 모은 돈으로 작은 집을 샀는데, 주변이 개발되면서 집값이 오른 덕분에 낡은 집을 헐고 4층짜리 새 건물을 지어 세를 놓았습니다. 순례 씨는 임대료를 시세대로 받지 않고 시세보다 훨씬 싸게, 자신이 살아가는 데 필요한 만큼만 받습니다. 집이 없는 사람들은 순례주택에 들어가고 싶어 했습니다. 그래서 순례주택에 입주하려면 오랫동안 대기를 하며 기다려야 합니다. 한 번 들어가면 안 나오는데, 들어가고 싶은 사람은 많기 때문이죠. 보통 사람과는 사뭇 다른 생각을 하는 사람, 바르게 일하지 않고 거저 생긴 돈은 불편한 사람, 순례 씨는 보기 드문 건물주입니다.

## 남다른 공감력의 소유자, 순례 씨

사람들이 살고 싶어 하는 인기 많은 집, 순례주택의 주인은 누가 봐도 참 이상한 사람이죠? 다들 적게 일하고 많이 벌고 싶어 하는 것과 달리, 순례 씨는 땀 흘려 일하지 않고 버는 돈을 불편해합니다. 정반대로 순례 씨의 남편은 불법 고리대금업자로 빚진 사람들을 겁박하고 때리던 사람이었습니다. 아내와 아들에게는 가족애가 유별나고 책임감 강한 가장이었지만, 바르지 못한 방법으로 돈을 벌고 남을 때리던 손으로 아들을 쓰다듬는 남편을 순례 씨는 받아들일 수 없었습니다. 그래서 이혼을 선택하고, 목욕탕 세신사로 일하면서 홀로 아들을 키우며 살았습니다. 가난하고 힘들었지만 바르고 당당하게 살아온 순례 씨는, 누구보다도 어려운 처지에 있는 사람들의 마음을 잘 이해하는 사람이었습니다. 시세대로 집세를 받는다고 해서 그녀를 나무랄 사람은 아무도 없을 테고, 자신도 고생할 만큼 했으니 편히 돈을 벌고 싶을 만도 한데, 순례 씨는 그러지 않았습니다. 보기 드문 특별한 건물주 순례 씨가 그렇게 공감력 뛰어난 사람이 된 비결은 무엇일까요?

순례 씨는 독서를 좋아했습니다. 특히 중학교 국어 교과서를 반복해서 읽으며 새로운 단어를 알아가는 것을 아주 재미있어하고, 『빨간 머리 앤』 소설을 읽으며 이야기에 푹 빠지는 걸 즐거워합니다. 그녀는 사회 통념에서 벗어나 자유롭고 젊은 감각을 가지고 살았기에 사람들에게 자신을 '순례 씨'라는 호칭으로 부르게 했습니다. 매사에 너그럽고 지혜로웠으며 형편이 어려운 사람들에게 온정을 베풀었습니다.

또한 순례 씨는 감탄을 좋아했습니다. 국어책에서 배운 감탄사가 독립언이라는 것을 알게 된 후, 자기는 독립적인 사람이니까 감탄사를 자주 쓰면서 살겠다고 말합니다. '감탄을 많이 하는 인생을 살기로 했다.'는 순례 씨의 공감력은 바로 감탄에서 비롯된 것이었습니다. '관광객은 요구하고, 순례자는 감사한다.'라는 말을 아주 좋아한 순례 씨는 사소한 것에도 늘 감사하며 살았습니다. 감사하는 사람은 감탄의 언어를 자주 사용합니다. "우와~ 멋지다, 고마워, 예쁘다, 어머나! 좋은데~." 아주 작은 일에도 감탄하는 순례 씨가 공감력이 남다른 사람이 된 비결은 바로 감사하는 사람이었기 때문입니다.

순례 씨는 손녀뻘인 수림과 절친한 친구처럼 지냅니다. 어릴 때부터 순례 씨의 손에서 자란 수림은, 길게 말하지 못하고 줄임말을 사용하는 순례 씨 특유의 순례어를 다 알아듣는 유일한 사람이었습니다. 그래서 순례 씨는 수림을 지구촌의 하나뿐인 '최측근'이라 부릅니다. 두 사람이 나눈 공감이 서로에 대한 깊은 신뢰로 이어지는 모습에서 공감도 관계 속에서 배우는 것이라고 생각하게 됩니다. 사랑을 받아 본 사람이 사랑을 베풀 줄 알듯이 공감도 받아 보아야 타인에게 공감하는 능력이 생기기 때문입니다.

## 공감도 배우는 겁니다

"꼭 솔직하게 말해야 돼? 어른이 왜 솔직해? 마음을 좀 숨겨."

언제나 '솔직히 말하는' 엄마가 너무 싫어서, 사람들에게 상처를 주는 엄마의 지나친 솔직함에 진저리나서, 수림은 엄마에게 말합니다. 어른답게 좀 헤아리고 가려서 말하라고. 타인에 대한 배려심이 전혀 없이 철부지 아이처럼 이기적이고 늘 불평하며 자기밖에 모르는 엄마가 수림이는 얼마나 안타까웠을까요.

책 속에 나오는 수림의 부모는 철없는 어른들이었습니다. 명문대 출신에 고학력자라는 우월감에 사로잡혀 타인들을 무시하고 경멸했지만, 정작 본인들은 현실적으로 무능했습니다. 수림 아빠는 대학교수가 곧 될 수 있을 거라는 비현실적인 꿈을 가지고 살았고, 엄마는 마흔이 넘은 나이에도 연로한 아버지의 도움을 받아 생활했으니까요. 사람들에게 마치 나이처럼 대학의 학번을 묻는 무례함을 저질러 상처를 주었고, 자신들도 아버지의 아파트에 얹혀사는 처지이면서도 고급 아파트에 산다는 상대적 우월감에 빠져서 건넛마을의 빌라촌 아이들을 '빌거지'라고 무시하며 차별했습니다. 중학생인 수림이는 살고 있는 집과 학력, 돈으로 사람을 평가하는 부모가 부끄럽고 이해할 수 없었습니다. 심지어 지독하게 이기적이고 못 자란 언니를 학교 성적이 좋다는 이유만으로 떠받드는 엄마와 아빠를 보면서, 자기 부모가 그런 사람들이라는 게 싫었습니다. 수림은 자신의 가족이 부끄러움을 모르는 사람들이라는 사실이 더 부끄러웠습니다.

수림은 태어나자마자 갓난아기일 때 순례 씨에게 맡겨졌습니다. 산후우울증이 극심했던 엄마가 아이를 돌볼 수 없어서 외할

아버지에게 가게 된 것인데, 일해야 했던 할아버지 대신 순례 씨가 키우게 된 겁니다. 사랑이 많은 순례 씨는 7년이나 수림이를 키우면서 잘 돌보았어요. 연인의 손녀를 아무런 대가 없이 맡아 키운다는 게 결코 쉬운 일은 아니었을 텐데, 순례 씨의 돌봄과 사랑을 듬뿍 받고 자라서인지 수림은 타인에 대한 공감 능력이 아주 뛰어납니다. 늘 긍정적인 태도와 감사하다는 말을 잘하며 살아온 순례 씨의 삶을 곁에서 보고 자랐기 때문이겠죠. 수림에게 언제나 행복하게 살아야 한다고 말해주던 순례 씨의 영향을 받아서일까요? 마음에 그늘이 없고 자존감이 높은 수림은, 힘든 상황에서도 주눅 들지 않고 오히려 가족들의 마음을 보듬고 의젓하게 행동합니다. 순례 씨의 공감력이 수림에게서 그대로 엿보입니다.

할아버지의 아파트에 살고 있던 수림이네 가족은 갑작스러운 할아버지의 죽음으로 아파트가 경매에 넘어가자, 더 이상 살 수 없게 되었습니다. 급히 이사할 집을 구해야 했던 수림의 부모는 변두리에 있는 값싼 반지하 방을 계약할 수밖에 없었는데, 그 과정을 지켜보던 수림은 순례 씨에게 부모님이 월세 보증금 구할 돈도 없다는 속사정을 털어놓습니다. 순례 씨는 가족을 염려하는 수림의 마음을 헤아리고 수림이네 가족을 할아버지가 살던 201호에 들어와 살도록 허락합니다. 그동안 자신을 멸시하고 차갑게 대했던 고약한 수림 엄마를 생각하면 절대 있을 수 없는 일이었지만, 순례 씨는 누구보다 수림을 아끼고 사랑하기에 흔쾌히 배려한 것입니다. 작은 집의 크기에 맞춰 이삿짐을 줄이고 처분하는 일까지 혼자 도맡아 하며 크고 작은 현실적인 문제들을 해결해 나가는 능력을 수림이는 어디서 배웠을까요? 평소에 순례 씨는 수림에게 일상의 사소한 어려움과 문제들을 상의하며 부탁했는데, 수림은 그런 과정에서 자신을 친구처럼 스스럼없이 대하는 순례 씨 덕분에 공감 능력이 길러진 것입니다.

## 순례자는 감사한다!

수림 엄마와 순례 씨, 두 사람의 삶의 태도를 학생들과 비교하며 토론한 적이 있습니다. 수림의 양육자인 두 사람의 인생관은 정반대라고 해도 과언이 아니죠. 수림 엄마는 현실적인 욕망의 노예로 사는 사람이었습니다. 돈이 많아야 하고 번듯한 집에 살아야 하며 출세와 성공이 인생에서 가장 가치 있는 일이라고 생각했습니다. 사실 어찌 보면 우리 주변에서 흔히 볼 수 있는 평범한 엄마의 모습으로 비칠 수도 있습니다. 자녀의 성적에 욕심내고 남편의 출세를 위해 내조하느라 늘 갖고 싶은 게 많은 사람이었으니까요.

책을 읽은 아이들의 반응은 너무나 솔직했습니다.

"제가 수림이라도 돈밖에 모르는 엄마가 너무 부끄러울 것 같아요."

"그렇지만 우리 주변에 수림이 엄마 같은 사람은 많은데요."

반면 순례 씨는 힘들고 어려운 일을 겪어도 그 경험을 값진 자산으로 바꾸는 사람이었습니다. 불평보다는 긍정과 감사의 마음으로 모든 것을 수용하고 겸허하게 살았습니다. 더 가지려고 하기보다는 가진 것을 주변에 나누고 베풀었습니다. 그것은 늘 필요한 게 있고 요구할 게 많은 관광객이 아닌, 지금 주어진 것에 만족하는 순례자의 모습입니다.

여러분은 관광객과 순례자의 차이가 뭐라고 생각하나요? 순례자는 감사합니다. 어떤 것에도 얽매이지 않는 자유로움과, 작은 것에도 감사하는 마음을 지니고 살아갑니다. 순례 씨처럼 자기가 가진 삶의 경험을 다른 사람과 나누고 도움의 손길을 내밀면서, 타인에게 공감하는 사람이 인생의 진정한 순례자입니다. 지구별을 여행하는 자유로운 순례자처럼, 내 인생의 순례자로 살고 싶습니다.

### 공감을 위한 질문

**Q1** 수림의 부모는 어떤 점에서 공감력이 부족하다고 생각하나요? 수림은 엄마의 솔직함이 왜 부끄러웠을까요?

> **가이드** 때로는 솔직히 마음을 표현하지 않고 참아주는 것이 더 큰 공감일 수도 있습니다. 이기적인 사람은 공감력이 부족하다고 생각하나요?

**Q2** 나는 사람을 판단할 때 어떤 기준을 갖나요? 그 기준에 공감력도 포함되나요?

> **가이드** 겉으로 드러나 보이는 것이 다는 아닙니다. 눈에 보이지 않는 소중한 가치도 있으니까요.

**Q3** 수림이가 공감력이 뛰어난 인성을 갖게 된 비결은 무엇일까요?

> **가이드** 어렵고 힘든 환경이 사람을 성숙하게 만들기도 합니다. 그리고 양육자의 품성과 가치관에 따라 큰 영향을 받는다는 사실을 기억하세요.

# 청소년은 어른에게서 보고 배운다

_ **김예림**(예원학교 1학년)

　이 책은 주인공인 수림이와 순례 씨, 또 순례주택에 사는 이웃들이 어른답지 못한 수림이네 가족을 성장시켜 주는 이야기입니다. 수림이네 가족들이 왜 그렇게 이기적이고 어른스럽지 못한 건지 책을 읽으며 궁금하기도 하고 이상하다는 생각을 했습니다. 수림이는 그렇지 않은데 수림이 부모는 왜 그런 것일까요? 아마도 어른다운 행동을 배운 적이 없기에 부끄러움을 느끼지 못하는 것 아닐까요? 하지만 수림이는 부모와 다릅니다. 순례 씨 손에서 자랐기 때문입니다. 순례 씨에게 보고 배워서인지 16살인 어린 나이에도 불구하고 어른보다 더 어른스럽습니다.

　수림이네 엄마 아빠는 순례주택에 사는 사람들을 싫어하고 무시합니다. 그래서 순례주택 이웃들에게 미움을 받습니다. 하지만 순례 씨는 이들의 마음을 너그럽게 이해합니다. 그리고 수림이 가족이 위기에 닥쳐 있을 때 도움을 주었습니다. 이를 지켜본 수림이는 부모가 부끄러웠음에도 불구하고 가족이 어려움에서 벗어나 다행이라고 생각하며 순례 씨에게 고맙다고 말했습니다. 수림이는 참 예의 바릅니다. 가족은 아무리 미워해도 걱정되는 존재인 것 같습니다. 그런 수림이 덕분에 수림이네 가족은 순례주택에서 지내게 되는데, 비좁은 집에 사는 것에 불만을 갖고 이웃들에게 예의없게 굴었습니다. 사람은 역시 쉽게 변하지 않는 것 같습니다. 하지만 순례 씨는 그런 수림이네 가족을 미워하지 않았습니다. 오히려 수림이를 다독이며 행복하게 살아야 한다고 토닥여주었습니다. 수림이가 이렇게 마음씨 넓은 순례 씨의 곁에서 자라서 어른스러운 것 같습니다.

나는 이 책을 읽으면서 부모의 행동이 자식에게 얼마나 큰 영향을 미치는지 다시 한번 깨달았습니다. 자식들은 부모를 보고 배우기 때문에 배우지 못한 것을 남에게 줄 수도 없는 것입니다. 수림이는 남의 입장을 잘 이해하고 공감하는 걸 순례 씨에게서 배웠습니다. 순례 씨는 참된 어른의 모습을 가진 사람입니다. 수림이 가족들이 순례주택에 살면서 조금씩 변해가는 모습을 보며 역시 사람은 보고 배워야 한다는 사실을 알게 되었습니다.

이 책은 진짜 어른스러운 것은 무엇인지 생각해 보게 해주었습니다. 진정한 어른은 남의 입장을 이해하고 베푸는 사람인 것 같습니다. 순례 씨 같은 어른이 그렇습니다.

# 개방적 소통자와
# 공감적 중재자

힘의 논리에는 나보다 약자에게 함부로 대해도 된다는 합리화가 있으며, 그 안에 혐오 표현이 숨 쉬고 있습니다.

— 이유미

『혐오, 나는 네가 싫어』
한세리·신지현·강지예 지음 / 천개의 바람

『혐오, 나는 네가 싫어』는 인종, 장애, 젠더, 노인 혐오의 여러 얼굴을 알려 준다. 청소년이 일상에서 쉽게 접할 수 있는 사건이나 현상을 통해 혐오라는 감정이 왜 일어나는지, 혐오 표현은 무엇인지 알아보고, 혐오하지 않으려면 어떻게 해야 하는지 구체적인 방향성을 제시한 책.

제가 가르치는 학생 중에는 유튜브 채널을 운영하는 학생들이 있습니다. 한 학생이 유튜브 채널명을 알려주며 꼭 보라고 하기에, 한껏 기대하며 채널명을 검색했습니다. 청소년이 만든 채널은 일상, 게임, 메이크업을 소재로 다루거나, 친구들과 경험한 흥미로운 에피소드를 묶는 경우가 많다기에 궁금했습니다.

그 학생이 얼마 전에 올린 영상은 아이돌 오디션 프로그램 패러디였습니다. 친구끼리 연예기획사 연습생마냥 이름표까지 붙이고 경연하는 내용이었죠. 오디션 프로그램의 재미는 미션에 성공하고 다음 단계로 진출하는 역경의 서사인지라, 학생들도 그룹으로 춤추는 미션을 진행하며 갈등 유발 장면을 연출할 것 같았습니다.

그러다 제 마음을 깜짝 놀라게 한 장면이 나왔습니다.

"너 연습한 거 맞아? 이러다 우리 팀 떨어지면 어떡해."

1팀 A학생이 실수 연발의 짝에게 따지자, 짝은 이렇게 답했습니다.

"난 예뻐서 인기 많아 떨어져도 괜찮아. 그런데 넌 아니니까 얼굴 고치는 건 어때?"

순간 제가 무언가를 잘못 들은 줄 알았습니다. 본인의 잘못을 탓하니 상대에게 외모 품평을 하다니요. 물론, 실제 상황이 아니라 학생들이 짜인 각본을 연기하는 것뿐이지만, 그 역시 문제였습니다.

이어진 다른 팀도 별반 다르지 않았습니다. 외국인 멤버와 의견을 조율하지 못한 한국인 멤버가 화를 참치 못하고 입을 열었습니다.

"나는 XX나라가 싫어, 나는 XX가 싫어."

실랑이 끝에 외국인 멤버의 국적을 지칭하며 혐오하는 말을 연달아 내뱉었습니다.

우연히 귓가에 외모 품평과 인종 혐오 발언이 연달아 들린 것에 불과할까요? 혐오를 나와 의견이 다른 사람에게 공격의 수단으로 쓰는 일은 어쩌면 청소년들 사이에 만연된 혐오 발언이 자연스럽게 녹아든 건 아닐까요? 외모 평가, 인종 혐오가 영상의 핵심은 아니지만, 상대를 깎아내리고, 무시해 보는 이로 하여금 웃음을 유발하는 일이 하나의 '놀이'가 된 건 아닌지 우려가 앞섰습니다.

개인의 잣대로 타인의 외모를 평가하거나, 정체성의 근간인 인종을 언급하는 것은 웃음 코드가 아닙니다. 상대에게 모멸감만 줍니다.

여러분은 어떤가요? 오늘도 혐오했나요? 당했나요?

---

## 오늘 혐오했나요? 당했나요?

---

유튜브에서만이 아닙니다. 학생들과 수업하다 보면 친구들을 향해 무심코 비속어를 쓰는 모습을 자주 목격합니다. 선생님으로

서 그 부분을 언급하면, 학생도 다음부터는 주의하겠다고 말하지요. 문제는, 학생들이 이런 혐오 발언의 문제점을 심각하게 깨닫지 못하고 장난으로 받아들인다는 겁니다. 하나의 문화로 자리 잡은 건 아닐까 의심까지 듭니다.

여행을 다녀와 피부가 검게 그을린 친구에게 한 아이가 웃으며 말합니다.

"흑인 됐네."

친구의 엄마가 바쁜 일정으로 학원에 데리러 올 수 없다고 하자, 옆의 아이가 비아냥대며 말합니다.

"엄마, 없냐?"

눈이 휘둥그레지는 혐오 표현인데, 학생들에게는 소소한 재미인가 봅니다. 그러나 함부로 친구의 양육자에 대한 표현을 쓰거나, 피부색에 따라 사람을 구분하는 일은 변하지 않는 본질인 정체성을 훼손하는 일입니다. 타인의 존재를 부정하는 행위입니다.

『혐오, 나는 네가 싫어』를 보면 혐오는 단순 감정이 아니라 '어떤 사람이 특정한 속성을 갖거나, 그것을 가진 집단에 속한 이유로 미워하는 것'을 말합니다. 사전적으로 혐오는 '싫어할 嫌', '미워할 오 惡'자로, 싫어하고 미워한다는 의미가 있습니다. 위험 요인이 생겼을 때 '안전에 위기감을 느껴 본능적으로 공격과 경계심'을 갖는 것이지요.

이 책의 글쓴이에 따르면 혐오는 나와 다른 낯선 대상에 대한 두려움에서 시작된다고 합니다. 예를 들어 한 지역에 이주민이

온다면, 선주민은 명목상 자신을 보호하기 위해 이주민을 혐오합니다. 선주민은 믿을 수 없고, 친숙하지 않은 이주민이 두려워 불편하니, 이주민의 경계를 침투해 무너뜨립니다. 또, 이주민을 선주민과 동등하지 않은 입장으로 끌어 내려 문제점이 생기면 이주민에게 원인을 전가합니다. 선주민은 마음을 건네며 상대를 알려고 에너지를 쓰는 소모적 행위를 하지 않습니다. 대신 불안의 요인이 선주민이 만들어낸 잘못된 생각이라는 사실을 모르고, 자신들과 이주민의 차이를 떠올리며, 혐오의 구실을 만듭니다.

## 힘의 논리가 만드는 혐오

학생들이나 지인에게 "그건 혐오적인 표현이야."라고 말할 때 대부분 이런 반응을 보입니다.

"그게 혐오인 줄 몰랐어요."

혐오를 받기 쉬운 노인이나 장애인, 외국인, 어린이의 입장이 되어보지 않아, 혹은 그들과 가깝게 생활해본 적이 없어 상처인 줄 몰랐다는 것이죠. 하지만 우리가 무심코 내뱉는 혐오 표현에 위계가 있다는 생각을 조금이라도 해보면 어떨까요?

글쓴이는 '혐오 표현'에 담긴 우리 안의 계층을 강조합니다. 사회에서 만들어진 위치인 계층은 힘을 가진 자의 절대적 영향력입니다. 여기서 권력 있는 사람은 정상이고, 상식이자 기준이 됩니다. 그래서 그들과 다른 의견을 내는 이는 무시당하고, 폭언을 듣습니다.

수업 중 '노키즈존' 이슈가 나오면 학생들은 '노키즈존'이 차별이라고 생각하지 않습니다. 단순한 문제 해결로 여겨 특정 공간의 절반만 예스키즈존, 나머지는 노키즈존을 만드는 것이 제법 정당한 해결책은 아니냐며 되묻기도 합니다.

학교도 크게 다르지 않습니다. 목소리가 큰 친구가 힘을 갖고, 자신과 다르게 인식한 친구는 명백한 잘못이 없지만 외면의 대상이 됩니다. 다른 친구는, 목소리가 큰 친구와 무리가 정한 기준에 맞지 않으면, 테두리 밖으로 밀려납니다.

"걔가 이상해요. 다 그럴 만하니까 따돌림 당하는 건데 뭐가 문제죠?"

학급에서 겉도는 친구들이 꼭 있다던데 너희 반은 어떠냐고 학생에게 물으니, 따돌림을 정당화합니다. 대체 옳음과 그름의 기준은 목소리 큰 친구가 정한 건가요? 남 탓하며, 공개적으로 부정적 표현을 사용해 친구를 낭떠러지로 밀어내는 일은 폭력일 뿐입니다.

글쓴이는 다른 친구에게 혐오 표현을 뱉는 순간, 나는 그보다 '우월한 존재'로, '무시해도 되는 자격'을 얻고, '군림과 폭력의 이유'를 만든다고 설명합니다. '힘의 논리'에는 나보다 약자에게 함부로 해도 된다는 합리화 속에 혐오 표현이 숨 쉬고 있습니다.

## 주체적인 생각으로 다양성을 포용해야

국가인권위원회는 혐오 표현을 어떤 개인/집단에 모욕, 멸시, 위협을 통해 차별을 정당화·조장·강화하는 효과가 있다고 설명합니다. 최근엔 SNS로 친구들을 저격하는 일이 잦아 문제가 되고 있는데요, 인스타 스토리에 사이가 좋지 않은 친구의 초성을 쓰고, 불만을 기재하는 일이 잦다고 합니다. 개인 공간이니 일일이 문제 삼을 수 없지만 친구의 초성을 버젓이 적어 놓고 일방적으로 여럿이 분풀이하는 게 상대를 단죄하는 일은 누가 봐도 사이버불링(사이버 상에서 특정인을 집단적으로 따돌리거나 집요하게 괴롭히는 행위)이 아닐까요?

온라인 공간에서 자신의 주체적인 생각으로 문제 유무를 판단하지 않고 타인의 의견에 휩쓸리는 일이 심각합니다. 플랫폼 알고리즘에서 내가 좋아하는, 나와 비슷한 생각을 하는 사람의 이야기만 듣는다면, 우리는 편협한 견해를 가질 수밖에 없습니다. 친구가 내뱉은 혐오 표현에 동조하다 익숙해져 어느 순간 색안경을 낀 자신을 바라볼 수 있습니다.

청소년 시기는 타인과 교류를 통해 존중과 원만한 관계를 학습해야 건강한 어른으로 거듭날 수 있습니다. 여러 집단의 사람을 만나며 상대와 차이를 알고 포용하는 다양성이 함께할 때 더욱 나은 사회가 될 수 있음을 깨달아야 합니다.

# 모두가 귀한 존재로 태어났다

『혐오, 나는 네가 싫어』는 인종, 장애, 젠더, 노인 혐오의 여러 얼굴을 보여줍니다. 그중엔 스스로 미워하고 싫어하는 '자기혐오'도 있습니다. 이 책을 읽기 전에 신문에서 10대 자살률이 역대 최대라는 기사를 본 것이 떠올라 더욱 참담한 마음이 들었습니다.

글쓴이는 자기혐오가 '언제나 잘 해내는 이상적인 자신을 만들어 끊임없이 채찍질해, 쉴 때도 쉬지 못하게 만든다.'라고 합니다. 학생들은 학업 부담을 자기효능감으로 해결하기보다 스스로를 미워하고 학대하는 방식을 선택합니다.

교육과정 평가 방법이 과거와 달라지며 학생들은 지필 평가와 수행평가를 준비해야 합니다. 그 와중에 학교와 학원 숙제도 챙겨야 하고요. 수행평가는 지필 평가 준비 기간 중 한꺼번에 시행해 하루에 서너 개를 준비할 때도 있습니다. 성실한 계획형 인간이라면 무리 없이 진행하겠지만 아직 영글지 못한 학생이 대부분입니다. 그럴 때마다 준비가 부족하다고, 능력이 없다고, 심지어 쓸모없는 존재라고 가까운 이들이 말한다면 마음이 부서지지요.

성적과 입시는 미래를 위한 중요한 항목이지만, 나 자신이 제일 귀합니다. 그러니 A등급 못 받아서, 친구보다 점수가 낮다고, 이렇게 못하는 것투성이인 내가 살아 무얼 하나 자책하지 마세요. 학생들은 일이 뜻대로 안 되면 입버릇처럼 '망했다'고 하는데 '안 망했고요', 창창한 미래가 있으니 못할 거라고 단정하지 말아요. 모두가 귀한 존재로 태어났고, 약한 부분은 평균 수명도 길어졌으니 살면서 충분히 배우면 됩니다.

얼마 전, 자기혐오는 청소년의 소셜미디어(이하 SNS) 이용과 상관관계가 밝혀져 사회를 떠들썩하게 했습니다. 세계 각국은 SNS 폐해를 인정하고 대책 마련에 고심하고 있습니다. 미 플로리다주는 만14세 미만 아동과 청소년에게는 SNS 계정 보유 금지 법안이, 호주 의회는 강도를 높여 16세 미만 청소년의 SNS 이용을 전면 금지하는 법안이 통과됐습니다. 이는 SNS가 청소년의 정신건강에 악영향을 끼친다는 것에 사회 전반이 동의한 것이지요. 타인이 자랑하듯 올린 게시물을 보면 그에 못 미치거나 뒤처지는 자신의 상황을 떠올리는 비교는 가치관과 정체성이 형성되는 청소년에게 감정 및 충동 조절 장애가 유발될 수 있다고 합니다.

SNS에는 속앓이하며 괴로워할 만큼의 가치가 없습니다. 그러니 온라인 공간에서 자아를 찾지 말고, 남의 흥미를 좇지 말고 '자기 이해'에 집중하세요. 돈벌이나 사람들 눈길을 끌려고 전시된 SNS의 삶은 진짜가 아니니, 그들의 삶을 모방하지 않기를 바랍니다.

## 혐오를 멈추려면

이제 혐오 표현에 맞서기 위해 무엇을 해야 할까요? 글쓴이는 우선, 나를 지켜주는 경계를 발견하고 건강하게 세워나가라고 합니다. 자신의 감정과 행복을 잘 알지 못하는 어려움을 타인에게 몰아치지 말고, 스스로 들여다보라고 합니다. 일종의 '자기 이해'이지요. 다양한 사람을 만나거나 좋은 책을 보면서 타인과 나의 다름을 발견합니다. 내 경계가 견고하면 나를 이해하는 만큼 타인의 경계도 존중하게 됩니다. 그래서 그릇된 혐오 표현에도 같이 웃지 않고, 당당하게 불편함을 내비칠 수 있습니다.

각자의 의미가 가치 있게 여겨지는 사회가 건강한 공동체입니다.『혐오, 나는 네가 싫어』는 말하기 전에 생각하고, 나와 다른 상대와 동등하게 지내며, 관계의 마지노선을 침범하지 말라고 합니다. 이렇게 단련되면 당연하게 내 경계는 단단하되 유연해지고, 개인과 사회가 건강한 변화를 유발할 수 있습니다.

서투른 과정에서 세계는 때때로 균열이 생기지만, 눈 뜰 수 있는 확장이자, 나를 건강하게 해주는 기회가 됩니다. 그래서 우리는 모두 환대와 연대를 통해 함께 잘 살 수 있게 됩니다. 미국의 철학자인 마사 누스바움은 '취약함이 우리를 뭉치게 한다'고 주장합니다. 사회적 안전망이 없으니, 우리가 취약할 때 타 집단 탓을 돌리는데 방향을 선회하라고 합니다. 스스로 혐오의 위기에 맞설 때 실패할 수 있으나, 함께하면 스스로를 지킬 수 있습니다. 두려움이 줄면 혐오가 줄게 되니 연민과 자비, 포용의 몸짓으로 타인과 연결될 수 있습니다.

## 개방적 소통자와 공감적 중재자

'나만 아니면 돼!' 어느 예능 프로그램에서 유행어가 된 말은 고난의 상황이 보여도 당사자가 아니면 무관하다고, 나 살기도 힘든데 남까지 챙길 필요가 있냐고 외칩니다. 모두가 자신만의 힘듦 속에 살고 있지요. 그러나 누군가를 혐오한다고 아픔이 사라지지 않습니다. 도리어 몰랐던 존재와 이야기하고 생각을 나누며 알아가게 됩니다. 배움이 생기니 낯선 존재를 더 귀하게 여기게 됩니다.

청소년 시기는 주변의 편견 가득한 생각을 흡수할 수도 있지만, 비판하고, 공감적 사고를 배우며 평생의 가치관이 형성되는 시기입니다. 공감은 같이 부딪히며 자라기도 하지만 상대의 마음을 상상하며 움트기도 합니다.

한국과학창의재단의 연구 보고서에 따르면 미래 사회에 필요한 인재상은 '개방적 소통자'와 '공감적 중재자'라고 합니다. 경제, 문화 발전에 따른 세계화는 이질적인 타인과 소통을 요구합니다. 이때 다원적 문화에 대한 이해와 감수성에 기반을 둔 개방적 소통자가 큰 역할을 할 수 있습니다.

미래 사회는 특정 계층에게 정보와 자원이 집중돼 사회 불안이 심화되면 사회 격차에 따른 갈등이 잦아질 수 있습니다. 다양한 이해관계자를 조정·중재하는 공감적 중재자가 화합을 만들 수 있습니다. 앞으로는 사회관계 기술을 통해 사람을 관리하고, 타인과 조정, 협상하는 인지적 유연성이 중요 역량으로 대두될 것입니다.

지금도 대한상공회의소에서 발표한 국내 100대 기업 인재상은 '소통과 협력'을 우선 순위로 합니다. 개인의 도전과 창의성도 지원자에게 요구하지만 조직 융화는 자격증처럼 단기간에 습득할 수 없는, 역량입니다. 본인이 학교와 여러 집단에서 실패와 깨달음을 얻어야 소통과 협력을 적게나마 배울 수 있습니다. 비난과 미움을 사는 관계는 혐오만 양산합니다. 불확실성이 두드러지는 시대에는 개방적 사고와 공감이 밑바탕에 깔려야 견뎌낼 수 있습니다.

인류학자 마거릿 미드는 '문명의 첫 징조가 부러졌다가 다시 붙은 다리뼈'라고 말합니다. 고대 사회에서 병자는 짐승의 먹이에 불과한데, 다리뼈가 부러진 사람이 잡아먹힐까 봐 뼈가 붙을 때까지 누군가가 돌봐준 덕분에 살아남았습니다. 이처럼 문명은 기술 진보가 아닌, 약자를 밀어내지 않고, 함께 살아 유지할 수 있었습니다. 외면과 혐오로 얼룩진 세상에서 청소년은 나아갈 수 없습니다. 타인과 자신을 향한 혐오가 일상을 침투해 삶을 괴롭히기 전에 경계를 확장하는 몸짓이 필요합니다.

## 공감을 위한 질문

**Q1** 6월 18일은 유엔이 지정한 '국제 혐오 표현 반대의 날'입니다. 유엔은 국가와 지방정부, 종교, 기업, 지역 사회 지도자들에게 관용, 다양성, 포용성을 촉진하고 모든 형태의 혐오 표현에 맞설 의무를 상기하라며 인권 교육을 장려하고 있습니다. 우리나라도 사회 전반에서 인권교육을 하지만 혐오 표현의 수위와 정도가 점점 심해지는데요, 근본적인 이유가 무엇이라고 생각하나요?

**가이드** 국가인권위에 따르면 혐오 표현은 수위와 정도, 사회의 차별, 학대, 폭력과 갈등 상황을 보여주는 사회적 지표라고 합니다. 최근 한국 사회의 변화에 대해 생각해 보세요.

**Q2** 청소년 사이에 혐오 표현 사용이 늘다 보니 학급에서 '금지어' 등을 만들어 운영된다고 들었습니다. 그럼에도 불구하고 혐오 표현이 줄어들지 않는데 어떤 조치를 취해야 친구들과 건강한 학교 생활을 할 수 있을까요?

**가이드** 혐오 표현의 속성을 알고, 대항 표현을 생각해 보세요.

**Q2** 통계청과 보건복지부에 따르면 2021년 20세 미만 자살 시도자가 2017년보다 2배가 늘었고, 원인 중 하나로 SNS를 꼽고 있습니다. 이에 따라 각국에서 SNS 가입 연령을 만16세 미만 아동, 청소년에게 금지하고, 각 기업이 사용자 연령을 책임지고 확인하는 법안을 도입할 계획이라고 합니다. 그러자 기업은 정보를 자유롭게 배포할 권리와 미성년자가 정보를 획득할 권리인 표현의 자유를 침해한다고 주장했습니다. 이에 대해 여러분은 어떻게 생각하나요?

**가이드** SNS의 장·단점과 기업의 사회적 책무를 생각해 보세요.

# 엠네스티에서 소개하는
# 혐오 표현 대응방법

_ **캐시 버거**(Cathy Burger, 혐오표현 프로젝트 연구자)

세계 최대 인권 단체인 국제 엠네스티는 혐오 표현 대응 방법* 몇 가지를 아래와 같이 소개하고 있습니다.

### 1. 대항 표현(counter speech 권투나 격투기에서 되받아치는 기술)

혐오 표현 대항하는 것. 혐오 표현을 반박하고 약화하는 맞받아치기이다. 단순 반대가 아니라, 모든 사람의 존엄성과 인권이 존중되기를 바라며 말하는 방식을 말한다. 혐오가 담고 있는 부정적 메시지를 긍정적인 것으로 바꾸되, 혐오 표현의 의미를 뒤집거나 허를 찌르는 것을 말한다. 이 외에도 부당한 차별과 불평등을 거부하거나 혐오 대상이 되는 사람에게 힘이 되어주고, 기존 표현 의미 되짚는 표현이라면 모두 대항 표현이다.

---

* 국제엠네스티, 〈온라인 혐오표현과 허위정보에 대응하기〉 및 유튜브 영상 〈혐오대항 교육 영상〉

왜 공감해야 하나요?

⑴ 정색하기(혐오 표현 재미없다고 말하기)

⑵ 연대하기

- 혐오 표현에 대항하는 캠페인, 적극적 지지를 한다.
- 온라인 청원, 집회, 칼럼 기고, 홍보물을 제작해 공유한다.

**2. 정치학자인 캐서린 겔버가 제시한 대항 표현 방식의 세 가지 유형 알아보기**

⑴ 혐오 표현에 담긴 허위 사실 반박하기

팩트 부시기(정확한 사실 확인을 통해 이를 반박하고, 잘못된 내용 정정하기)

**사례** 난민들이 범죄를 일으키다고 주장한다면 실제 통계를 알린다.

⑵ 혐오 표현이 위협하는 가치 옹호하기

**사례** 인종차별을 했다면, 사회의 다양성 설명.

⑶ 혐오 표현을 말하는 사람의 마음 호소하기. 객관적 사실보다 인간적인 감성 호소가 효과적이다.

**사례** 이민자들을 위해 만들어진 블로그를 공유하여 이주민들의 이야기를 게재한다.

대항 표현은 단순히 "그건 틀렸어"라고 지적하는 방식보다는 혐오를 당한 피해자의 상처를 위로하고 함께 연대하는 방식으로 표현될 때 더 효과적이다.

# 혐오가 습관이 되지 않도록

_ **박재인**(상암초등학교 5학년)

혐오, 많이 들어본 불편한 단어입니다. 하지만 저도 이 책을 읽기 전에는 정확히 어떤 뜻인지 몰랐습니다. 그저 저와 상관없는 단어라고만 생각했지요. 하지만 『혐오, 나는 네가 싫어』를 읽고 혐오라는 것이 저와 상관이 전혀 없는 단어가 아니라는 것을 알게 되었습니다.

특히 혐오에 이렇게 많은 종류가 있는 줄 몰랐습니다. 책에서는 크게 6가지를 소개하고 있습니다. 자기혐오, 능력 혐오, 장애인 혐오, 젠더 혐오, 나이 혐오, 인종 혐오가 그것이지요.

이 혐오들은 한 적도, 받은 적도 없다고 생각했는데, 곰곰이 생각해 보니 저도 모르게 혐오한 적이 있었을지도 모르겠다는 생각이 들었습니다.

예를 들어 친구들과 웃자고 했던 대화들이 생각났습니다. 외모가 뚱뚱한 친구에게 친구들이 했던 말들, "너 돼지야?", "너 삼겹살이야?"라는 말을 듣고 저도 모르게 같이 웃은 적이 있었습니다. 웃는 것만으로도 저 또한 혐오 표현을 했다는 것을 알게 되어 반성이 됐습니다. 또 준비물을 안 가져온 친구에게 "엄마 없냐?"라고 했던 친구들의 말도 떠올랐습니다. 웃자고 한 말이어도 무심코 누군가에게 상처주는 표현이 될 수 있다는 걸 기억해야겠습니다.

아무리 장난이라도 상대방의 기분이 나쁘다면 그것은 폭력입니다. 우리 학생들이 일상에서 만연하게 쓰는 말, '돌딱충', '결정장애' 등의 단어도 본인은 장난스럽게 한 말이어도, 또다른 누군가를 차별하고, 상처주는 말입니다.

이런 혐오를 줄이려면 어떻게 해야 할까요? 이 책을 읽고 나를 사랑하는 일부터 시작해야 한다는 걸 알게 되었습니다. 나를 있는 그대로 사랑하는 사람만이, 타인도 있는 그대로 받아들일 수 있기 때문입니다.

이 책을 친구들과 꼭 함께 읽어보고 싶습니다.

# 수어는 사랑의
# 언어일까?

|   | 타 | 인 | 의 |   | 언 | 어 | 를 |   | 받 | 아 |
| 들 | 이 | 는 |   | 것 | 은 |   | 나 | 와 |   | 동 |
| 일 | 한 |   | 언 | 어 | 가 |   | 아 | 님 | 을 |   |
| 유 | 난 | 스 | 레 |   | 부 | 각 | 하 | 는 |   | 게 |
| 아 | 니 | 라 | , |   | 나 | 와 |   | 동 | 등 | 한 |
| 언 | 어 | 를 |   | 사 | 용 | 하 | 고 |   | 있 | 음 |
| 을 |   | 자 | 각 | 하 | 는 |   | 데 | 서 |   | 시 |
| 작 | 합 | 니 | 다 | . |   |   |   |   |   |   |
|   |   |   |   |   |   |   | _ | 이 | 유 | 미 |

『일상의 낱말들』
김원영, 김소영, 이길보라, 최태규 지음 / 사계절

'닮은 듯 다른 우리의 이야기를 시작하는 열여섯 가지 단어'가 부제로, 변호사 김원영, 독서교실 운영자 김소영, 영화 감독 이길보라, 동물복지학을 연구하는 수의사 최태규가 글을 썼다. 밥, 텔레비전 같은 일상의 단어부터 게으름, 기다림 같은 애틋한 단어를 떠올리며 독자에게 이야기를 건넨다.

몇 해 전, 농학교에서 독서 수업을 한 적이 있습니다. 처음에는 청인인 제가 농인* 친구들과 어떻게 책을 읽고 이야기를 나눌지 걱정이 앞섰지만, 학생들의 적극적인 참여로 잘 마칠 수 있었습니다. 무엇보다 독서 수업 때마다 농인 학생들에게 청인인 제 음성 언어를 한국수어로 통역해준 농학교 선생님과 수어 통역사, 쉐어타이핑** 속기사의 도움이 있어 가능했지요.

그런데 독서 수업 자료로 PPT를 만들 때마다 곤란할 때가 더러 있었습니다. 대체로 수업 때, 간단한 슬라이드를 띄우고 설명을 곁들이는데 농인 학생들에게는 구체적인 시각 자료가 더 적합해 뉴스를 찾으니 음성만 있을 뿐, 자막이 없었습니다. 지금은 여러 매체에서 자막 서비스도*** 하고, 정부 기관이나 국회에서도 수어통역사가 있지만, 그때만 해도 뉴스조차 수어 통역사나 TV 자막(수신기 이용해야 사용 가능)이 흔치 않았습니다.

농학교 선생님께 영상 자막이 너무 없다고 이야기 하니 그분도 동의하시더군요. 정부에서도 각고의 노력은 하지만, 청인 중심의 세상에서 청각장애인 대다수는 정보 격차를 몸소 체험할 수밖에 없겠더라고요.

물론, AI 등 기술이 발전하고 있으니 앞으로 청각장애인도 점

---

•    청각장애인을 달리 이르는 말로서 수어를 일상어로 사용하는 사람
••   청각장애인을 위해 실시간 자막 제공
•••  배리어프리 barrier free-고령자나 장애인들도 살기 좋은 사회를 만들기 위해 물리적, 제도적 장벽을 허물자는 운동

차 제공받는 서비스가 늘어날 것입니다. 다만, 우리가 '장애를 보는 시선'은 기술 진보만큼 나아지고 있는지 반문하고 싶습니다.

---

## 존중받지 못하는 농인의 수어

---

『일상의 낱말들』은 '닮은 듯 다른 우리의 이야기를 시작하는 열여섯 가지 단어'가 부제로 변호사 김원영, 독서교실 운영자 김소영, 영화감독 이길보라, 동물 복지학을 연구하는 수의사 최태규가 글을 썼습니다. 좀 색다른 조합으로 보일 텐데 이들은 장애, 어린이, 동물 등 사회적 약자에 대한 글을 쓰는 유명 작가입니다. 밥, 텔레비전 같은 일상의 단어부터 게으름, 기다림 같은 애틋한 단어를 떠올리고, 독자에게 이야기를 건넵니다.

이 책의 공동 저자 중 한 명인 '이길보라'는 코다CODA입니다. 코다는 'Children of Deaf Adults'의 줄임말로 농인의 자녀를 뜻합니다. 어머니로부터 수어를, 이후 한국어 음성, 문자 언어를 습득한 이길보라는 부모의 입과 귀가 되어 통역했다고 합니다. 사극을 좋아하는 어머니께 같이 보는 드라마 내용을 알려주고, 여덟 살 무렵, 가세가 기울어 전국 축제를 돌며 먹거리를 구워 팔던 부모를 대신해 시·군청에 전화해 정확한 정보를 얻기도 했습니다(인터넷이 없던 시절). 농인 구성원이 있는 가족에게 수어는 절대적인 의사소통 수단입니다. 그러나 자신과 같은 코다와 농인이 사회에서 사는 일은 불편함투성이라고 말합니다.

길거리에서 수어를 사용할 때면 쏟아지는 여러 시선에 어려움이 이만저만이 아니라고 합니다. 부모와 대화할 뿐인데, 신기하고 이상한 눈빛으로 상대를 빤히 바라보는 일이 잦아 관련 에피소드를 묶으면 책 한 권을 써도 모자랄 정도랍니다. 굳이 이길보라 작가의 이야기를 읽지 않아도, 사람을 뚫어져라 보는 일이 무례하다는 것쯤은 누구나 이해하고 있는 일일 것입니다.

농학교 학생들도 그런 태도에 지쳤다고 합니다. 동물원에 있는 동물을 보는 것처럼 기묘한 눈빛을 짓거나 상대가 전혀 못 들을 수 있다고 단정해(청각장애인에 따라 듣는 층위가 다릅니다.) 퍼붓는 폭언을 고스란히 접한 적도 있다고 합니다. 또 학생들이 착용한 고가의 보청기를 함부로 만지려는 사람도 더러 있다고 들었습니다.

인류애가 사라지는 이야기를 듣고 미안한 마음이 들어 말을 잇지 못했습니다. 생태학자 최재천의 말처럼 우리는 장애인의 날(4월 20일)에만 떠들썩하게 행사할 뿐, 그들의 언어마저 존중하지 않습니다. 음성 언어 대신, 수어를 사용하는 농인에 대한 존엄성이 드러나지 않습니다.

## 수어 희화화는 농인을 얕잡아보는 그릇된 행동

2000년대 중반, 자폐 아동과 지적장애인이 주연인 영화가 성공을 거두며, 사람들이 장애를 이해하는 계기가 되었다고 매체에서 언급하지만, 과거 TV 방송은 심심치 않게 장애인 흉내를 웃음의 소재로 삼기도 했습니다. 어눌한 말투와 부자연스러운 움직임을 따라 하던 모습은 시대가 변해 일정 부분은 잘못됨을 알고, 고치기도 하지만 여전히 정체된 부분도 있습니다.

이길보라도 비슷한 사례를 들기도 합니다. '아침'이라는 단어의 수어를 배울 때 누군가는 웃음을 터뜨리는데 표현 동작이 청인이 비속어로 쓰는, 중지를 올린 손 모양과 비슷하기 때문입니다. 수어로 '아침'은 산 아래 해가 숨었다 오르는 동이 트는 모양으로 중간 동작이 왼쪽 주먹에서 검지를 반쯤 접어 편 뒤 중지를 펴는 산맥 모양입니다. '산'을 뜻하는 수어를 보면 청인은 웃거나 민망해하는데 글쓴이는 따라 웃을 수 없다고 합니다. 검지와 중지를 펴는 이 동작은 수어가 제1 언어이자 모어인 그에게 'fxxx you'가 아니라, '산'일 테니까요. 반복되는 수어 희화화는 수어를 하나의 언어로 인식하는 일이 아닌, 얕잡아보고, 내려다보는 행동이라고 설명합니다.

꽤 오래전에 본 웹드라마에서 중지를 드는 동작이 수어 '오빠'와 비슷해 소동을 벌이는 이야기를 본 적이 있습니다. 부끄럽지만 저도 그 장면을 보고 웃었습니다. 당시는 꽤 유머러스하게 드라마를 만들었다는 안일한 생각을 했습니다.

한국 음성, 문자 언어를 습득한 사람들에게 수어는 다소 남다른 언어로 다가올 수는 있습니다. 나와 다르니 이상할 수 있고,

"잘 모르니까 실수한 거지, 큰 죄는 아니지 않냐."며 무지를 항변합니다. 비장애인을 재미있는 소재로 소비할 뿐, 변하려는 노력이 더디기만 합니다.

위 사례의 수어 희화화처럼 기존에 습득한 언어 양식과 다른 수어의 특징을 우스꽝스럽게 만들지 말고, 사용을 경계해야 합니다. 타인의 언어를 받아들이는 것은 나와 동일한 언어가 아님을 유난스레 부각하는 게 아니라, 나와 동등한 언어를 사용하고 있음을 자각하는 데서 시작합니다. 자신의 언어를 우위에 두고 파안대소하는 순간에 차별이 시작됩니다.

## 언어 선택 주체자의 삶을 들여다보기

장애인은 대체로 시혜(은혜를 베풂)의 대상으로 인식합니다. 아마 그때 학생들에게 배우기 전까지 그런 어리석은 생각을 했던 것 같습니다. 단순하게 도움을 주면 되지, 농인의 상황과 저변에 대한 이해까지 해야 하냐고요. 무지는 너무 투명하게 자신을 합리화하는 도구가 되기도 합니다.

독서 수업 중, 학교 선생님이 제 말을 수어로 전달하시며 사회에 나가 청인과 활동하기 위해 구어 실력도 필요하니 수어와 구어(입술 움직임 읽고 상대 말 알아내어 대화)를 같이 쓰라고 권유하셨습니다.

이에 따라 한 학생이 맞은 편에서 수어만 쓰는 친구에게 무심코 "야! 구어도 같이 하라고 했잖아."라고 말하자, 친구는 인상을 쓰며 답했습니다.

"'너 그렇게 말하면 나한테 한 대 맞을 수 있어.'"

학생은 기분이 상한 이유를 이렇게 말했습니다.

"언어 선택은 내 자유인데 그것을 왜 상대가 정하는 건가요? 자유의지에 따라 내가 하고 싶은 언어는 내가 선택해 말할 권리가 있지 않나요?"

생각해 보니 맞는 말이었습니다. 농인이든 누구든 수어나 구어를 하든 그건 당사자의 결정이지, 상대가 지정해 시킬 일이 아니라는 거지요. 그 무심함이 차별의 시작이라는 것을 저도 그때 깨달았습니다.

청인으로 태어나 음성 언어 사용자 인식을 가진 제게 '언어 선택 주체자'는 이전까지 고려한 적 없는 사안이었습니다. 농인과 청인이 언어를 다른 방식으로 사용한다는 걸 알았으나, 농문화(농인의 정체성, 가치관이 형성된 생활양식)에 귀가 트이지 않았습니다.

글쓴이는 자신이 각각 영어나 한국어, 일본어로 말할 때마다 목소리와 표정, 몸짓이 달라지는데, 언어에 따라 다른 인식체계가 생겨 이를 토대로 세상을 해석한다고 말합니다. 직접 화법의 영어나 우회적인 일본어, 존댓말을 쓰는 한국어는 미묘하게 다르지요. 그래도 무엇이 '좋다, 나쁘다'를 말하지 않고, 고유성을 이해합니다. 수어도 그렇게 보아야 하지 않을까요? 누군가 세상을 보는 방향과 태도를 '수어'로 결정해, 그 세계에 머무르기를 청한다면 기꺼이 그들의 언어를 들여다봐야 합니다.

문제는 겉으로 농인의 수어를 존중한다고 떠들지만, 때때로 청인들이 자기 언어를 강요하고 있는 것은 아닌지요, 색안경을 끼고 보거나, 음성 언어로만 세상이 돌아가게 만들어 놓고, 농인에게 따르라고 강제한 면은 없는지 생각해볼 일입니다.

2016년에 제정된 한국수화언어법에 따르면 한국수화언어가 국어와 동등한 자격을 가진 농인의 고유한 언어임을 밝힙니다. 농인과 한국수어사용자는 정치·경제·사회·문화의 모든 생활영역에서 차별받지 않고, 필요한 정보를 제공받을 권리가 명시되는데, 수어사용자는 삶의 질 향상을 피부로 느끼고 있을까요?

## 언어를 아는 일은 세계와 인식 체계를 받아들이는 일

우리는 다른 언어를 통해 종전에 보지 못한 세상을 들여다볼 수 있습니다. 인식의 척도를 음성 언어로만 둘 수는 없습니다. 글쓴이는 언어를 배우는 것이 하나의 세계와 인식 체계를 받아들이는 일이라고 강조합니다. 그래서 모르는 언어를 배우는 일은 새 인식 체계를 바탕으로 낯설게 보는 일이자 동시에 새로운 이야기를 만나는 흥미진진한 과정으로 볼 수 있습니다.

장애도 이와 같습니다. 비장애인의 세상에서 편리하게 지내다

보게 된 장애인의 눈높이는 이와 맞지 않을 수 있습니다. 이때, 장애인의 시선을 조금 알게 된다면 어쩌면 우리는 그 삶을 하나 더 들여다봐 부당함에 공감하고, 이해할 수 있을 것입니다. 시혜와 동정이 아닌, 사람답게 살 권리 요구에 동참할 수 있습니다. 타인의 고통에 의례적으로 건네는 "힘내."라는 말이나, 봉사활동 시간을 채워 점수로 만드는 스펙의 용도에서 벗어날 수 있습니다.

'소리로 보는 통로'(이하 소보로) 윤지현 대표를 아시나요? 윤 대표는 대학 시절 웹툰 〈나는 귀머거리다〉를 인상 깊게 보고 청각장애인용 실시간 자막 앱 아이디어를 냈습니다. 앱 개발 과제를 위해 인터뷰를 하던 중 농인들이 수업 듣는 어려움을 알게 된(듣기가 어려운 학생은 속기사인 학습 도우미가 수업을 같이 듣고 필기를 해줘야 합니다.) 뒤 2018년 본격적으로 '소보로' 앱을 출시하며 스타트업을 시작했습니다. 수업 시간에 앞자리에 앉아 보조기기 없이 교수자의 입 모양만 보고 수업받지 않고, 실시간 자막과 동시녹음 기능으로 학습하는 판로가 생겼습니다.

## 손을 맞대고 다른 존재를 만나보기

상대의 마음을 헤아리고 어떤 행동거지를 할지 정하는 일은 여러분의 몫입니다. 무엇이 옳고, 그른지 아직은 명확하게 규정짓기 어려운 시점도 있겠지요. 그럴 때일수록 속단하지 말고, 생각의 결과물을 하나씩 만들어 보세요. 장애와 비장애에 잣대를 두지 말고, 상대를 있는 그대로 지켜보되, 손 내밀어 보면 어떨까요?

『일상의 낱말들』 공동 저자 중 변호사이자 지체장애인인 김원영은 함께 손을 맞대 다른 존재를 만나는 경험을 하라며 한 프로그램을 추천합니다. 몇 년 전에 방영한 KBS 인간극장의 〈미래야, 학교 가자〉를 보신 적 있으신지요. 시각장애인이자 국어 교사인 강신혜 선생님과 안내견 미래의 일반 학교생활을 그린 방송이었습니다. 첫 수업 날, 강신혜 선생님은 교단에서 이름을 부르며, 학생들에게 일일이 악수를 청했고, 두 손은 맞잡았습니다. 모르던 서로가 손을 마주 잡고 교감하면 상호작용이 일어나겠지요.

장애통합교육이 전세계적 추세라서, 머지않아 이런 접촉이 더 잦아질 것 같습니다. 우리나라도 흐름에 발맞춰 활성화될 터이니 장애인과 비장애인이 피부를 맞대고 더불어 사는 사회가 다가오길 바랍니다.

## 공감을 위한 질문

**Q1**  최근 뇌 병변 장애를 앓는 유튜버가 휠체어를 탔다는 이유로 입장을 거부당하고, 안내견을 동반한 시각장애인이 식당에서 출입을 거부당한 기사가 눈길을 끌었습니다. 장애인차별금지법에 따르면 '누구든지 장애를 이유로 정치·경제·사회·문화 생활의 모든 영역에서 차별을 받지 아니하고', '누구든지 장애를 이유로 정치·경제·사회·문화 생활의 모든 영역에서 장애인을 차별하여서는 아니 된다.'라고 명시되었는데요, 그럼에도 불구하고 왜 이런 차별이 지속될까요?

> **가이드**  휠체어 장애인에게 선거 투표소에 턱이 있어 참정권을 침해 당한 사례나, 장애인 고용 의무를 불이행하는 기업과 기관의 사례와 연관해 생각해 보세요.

**Q2**  '절름발이'와 '꿀 먹은 벙어리'는 속담에 나오는 말이지만, 국가인권위는 2014년 장애인에 대한 편견과 고정관념을 만드는 표현을 공적 영역에서 자제할 것을 권고했습니다. 여러분이 알고 있는 일상 속의 장애인 차별 표현 중 개선이 필요한 표현이 있나요?

> **가이드**  우리 주변에 관용적으로 사용하는 장애 표현의 어원을 생각해 보세요.

**Q3**  대중 매체에서는 종종 힘든 상황에도 원하는 바를 이루기 위해 애쓴 장애인을 보여줍니다. 장애인 본인이 목표를 이루기 위한 고된 과정에 격려하는 의도인데요, 혹자는 이런 감동 스토리에 문제를 제기합니다. 장애 당사자의 에피소드가 장애인도 열심히 사니, 비장애인도 더 노력해야 한다는 동기부여로 쓰인다고 설명합니다. 여러분은 이에 대해 어떻게 생각하나요?

> **가이드**  작가이자 코미디언이었던 스텔라 영은 사회가 장애인을 일상의 존재가 아닌, 특별하게 인식하도록 만들었다며 "나는 당신에게 영감을 주는 도구가 아니다."라고 말했습니다.

# 사회적 장벽인 장애 차별,
# 장애인에 대한 이해를 높이는 계기로 만들어야.

_ **기수아**(한가람중학교 3학년)

　대부분 사람은 장애를 단순히 신체적인 한계라고 생각하지만, 장애인이 겪는 진짜 어려움은 사회적 인식과 환경에 있습니다.

　『일상의 낱말들』에서 이길보라는 농인 부모를 둔 코다로 자신이 수어를 할 때마다 사람들의 시선이 신경 쓰였다고 합니다. 저 또한 수어가 신기하다고 생각한 적이 많습니다. 실제로 수어를 사용하는 것을 본 적은 없지만, 텔레비전에서 나오면 따라 해보면서 장난도 치고, 어떻게 저걸 다 외우는지 의문도 품었습니다. 책을 다 읽고 나니 전혀 신기하게 바라볼 일이 아니었습니다.

　수어도 하나의 언어이기 때문입니다. 제가 한국어를 하고, 미국인이 영어를 쓰는 것처럼 수어도 그들만의 언어였다는 것을 인지하지 못했던 것입니다. 장애인을 나와 다르다고 생각하고 연민의 감정을 느끼지 말고, 장애를 가진 사람들이 평등하게 사회에 참여하도록 인식 개선이 우선이라는 생각이 들었습니다.

　제가 다니는 학교에 지적 장애 학생이 있습니다. 그 아이의 행동은 엉뚱하고 조금 우습기도 해서 웃음거리가 될 때가 있습니다. 어떤 아이들은 그 친구의 행동을 따라 하면서 자기들끼리 큰 소리로 웃고 떠들기도 합니다.

이런 것이 장애인의 현실이 아닐까요? 별다른 것을 하지 않아도 사람들의 눈길을 끌고 웃음거리가 되는 것 말입니다. 장애인이 아무리 비장애인이 하는 행동과 똑같이 하더라도 그 행동의 의미는 다르게 해석됩니다.

이를 개선하기 위해서는 영화나 드라마, 뉴스에서 장애인을 다룰 때, 고정관념을 깨고 다양한 모습을 보여주는 것이 중요합니다. 장애인을 단순히 측은한 대상으로 그리는 것이 아니라, 그들의 삶의 방식을 존중하고 포용하는 모습을 보여주면 어떨까요? 또는 체험 행사를 통해 장애인의 이해를 높이는 기회를 만드는 방법도 있을 것입니다. 예를 들어, 시각장애인 체험이라든지 휠체어 체험 등을 통해 장애인의 삶을 직접 경험해보면 어떨까요?

장애는 단순히 신체적 한계가 아니라, 사회적 장벽으로 인해 발생하는 문제입니다. 이를 해결하기 위해서는 끊임없는 노력이 필요합니다. 우리가 장애를 이해하고 장애인의 목소리에 더 귀를 기울일 때, 진정한 사회적 평등을 이룰 수 있다고 생각합니다.

그들이 차별 없이 살아가기 위해 우리가 더 노력할 때입니다. 과연 우리는 장애인을 진정으로 이해하고 있는지, 그들이 겪는 어려움에 조금 더 고민하고 있는지 고민을 시작해 봐야 할 때입니다.

# 공감이 우리의
# 미래라고요?

*3*

Chapter

01

# 세상을
# 변화시킬 수 있는
# 공감의 힘

|   | 자 | 기 | 와 |   | 비 | 슷 | 한 |   | 처 | 지 | 의 |
|---|---|---|---|---|---|---|---|---|---|---|---|
| 사 | 람 | 들 | , |   | 같 | 은 |   | 생 | 각 | 을 |   | 가 |
| 진 |   | 집 | 단 | 에 |   | 무 | 조 | 건 |   | 동 | 조 |
| 하 | 는 |   | 것 | 이 |   | 아 | 니 | 라 |   | 다 | 양 |
| 한 |   | 집 | 단 | 에 |   | 대 | 한 |   | 이 | 해 | 가 |
| 아 | 주 |   | 중 | 요 | 합 | 니 | 다 | . |   | 그 | 러 | 려 |
| 면 |   | 책 |   | 읽 | 기 | 를 |   | 통 | 한 |   | 풍 |
| 부 | 한 |   | 지 | 식 | 의 |   | 배 | 양 | 과 |   | 공 |
| 감 |   | 노 | 력 | 이 |   | 절 | 실 | 합 | 니 | 다 | . |
|   |   |   |   |   |   |   |   | _ | 임 | 성 | 미 |

『공감한다는 것』
이주언, 이현수 지음/ 너머학교

우리의 공감을 장애인, 외국인 노동자, 난민, 소수 청소년 등에게로 공감의
반경을 넓힐 것을 제안하는 책. 공익변호사 이주언 선생과 신경과학자 이현
수 선생이 전문 분야와 경험을 넘나들며 나눈 공감의 원리와 의미를 새롭
고 다채롭게 들려준다.

2018년 한 장의 사진이 전 세계인에게 충격을 안겨 주었습니다. 이탈리아에서 발생한 열차 사고의 비극 앞에서 브이자를 그리며 셀카를 찍고 있는 한 남성이 사진이었습니다. 사진 속의 83세 캐나다 여성은 열차 사고로 중상을 입고 철길 위에서 구조요원들에게 응급조치를 받고 있었습니다. 이 장면을 찍은 사진기자는 '당신이 예상하지 못했던 야만성: 비극 앞에서 셀카 찍기'라는 제목을 달았습니다. 이 사진은 많은 신문의 1면에 실렸고, 여러 언론은 "우리는 완전히 도덕성을 잃어가고 있다.", "인터넷에서 자라난 암"이라고 말하는가 하면, "셀카를 찍은 젊은 남성은 나쁘다기보다 영혼과 인간성을 잊은 채 인터넷의 자동화 기계처럼 행동했다."라고 지적하기도 했습니다. •

　"내가 거기에 있었다!"라는 것을 증명하고자 하는 이러한 사례들은 이제 새삼스럽거나 특이한 일이 아닐 정도입니다. 뉴스 속 남성은 일상을 공유함으로써 자신을 드러내는 것이 습관화되었을 가능성이 높습니다. 그는 수많은 사람이 자신에게 '좋아요'를 눌러주고 호응할 때 '살아있다'고 여겼을 것이고, 그렇지 않을 때는 소외감을 느꼈을 수 있습니다.

　독서 수업 시간에 학생들에게 이 사진을 보여주자 반응이 뜨거웠습니다. "혹시 영화 찍는 줄 알았던 거 아니에요? 사람이라면 저럴 수 없죠.", "사건 현장에 있었다는 걸 친구들에게 자랑하고

---

•　　2018년 6월 6일, 중앙일보, '이탈리아 열차 사고 비극 앞에서 셀카'

싶어서 그런 것 같은데, 정말 유치하다.", "사람이라면 다친 할머니가 어떤 상태인지 궁금해야 하는 거 아닌가요?", "특이한 장면을 찍어서 올리는 게 너무 익숙해져서 아무 생각이 안 났던 거 같아요.", "다른 사람들에게 주목받고 싶은 마음이 아픈 사람에 대한 공감을 덮어버렸어요."

사진 한 장을 두고 오갔던 대화는 차츰 SNS(소셜미디어네트워크) 사용에 대한 토론으로 확장되었습니다. "소셜미디어의 사용은 우리의 공감 능력을 퇴화시키는가?"를 두고 이야기를 나누었습니다. 소셜미디어 사용이 공감 능력을 떨어트리고 있다고 주장하는 측에서는 실제로 학생들 사이에서 소셜미디어에 올린 내용 때문에 타인에게 상처를 주고 관계가 틀어지는 경우가 많다는 것을 근거로 내세웠습니다. 코로나 영향도 있겠지만 직접 대면하지 않고 화면으로만 만나다 보니 직접 만나면 어색해 하고, 상대방의 마음을 읽어내는 능력이 떨어진 것 같다고 했습니다. 그리고 소셜미디어에서의 공감은 비슷한 사람끼리 친교를 나누는 것이어서 진정한 의미의 공감은 아니라는 주장도 있었습니다.

반면 소셜미디어의 긍정적인 측면에 대한 주장도 있었습니다. 소셜미디어에 올린 친구의 사진들을 보고 그 친구의 성향이나 생각을 짐작할 수 있고 그것에 공감해줄 수 있다는 논리였습니다. 빡빡한 일정 때문에 친구 사귀기가 힘든데 소셜미디어를 통해서 소통함으로써 소속감을 느낄 수 있고 비록 불특정 다수이지만 여러 사람의 공감과 지지를 받으면 자부심을 느낄 수 있다고 했습니다. 특히 소셜미디어가 사회적으로 중요한 이슈에 대해 사람들의 공감을 이끌어내어 영향을 줄 수 있는 장점으로 사용될 수 있다는 주장도 있었습니다.

독서 수업에서 벌어진 논쟁처럼 오늘날 청소년들의 소셜미디어 사용은 디지털 기술이 지배하는 지금의 세상에서 뜨거운 감자가 되었습니다. 그런데 최근 들어 청소년들의 소셜 미디어 사용에 대한 여론은 걱정과 염려가 더 많습니다. 몇 년 전 페이스북에서는 청소년들의 과도한 소셜미디어 사용이 우울증이나 정서 불안과 같은 증상을 일으킬 수 있다는 자체 조사 결과를 은폐하여 문제가 되기도 했습니다. 또 2023년에는 미국의 41개 주 200여 개 교육청에서 페이스북, 인스타그램, 틱톡, 유튜브와 같은 소셜미디어 기업을 상대로 소송하여 눈길을 끌었지요. 이들 기업의 프로그램이 청소년들의 소셜 미디어 중독을 일으켜 불안감, 우울성, 사이버 폭력 등의 문제를 야기했다는 것입니다.

## 소셜미디어의 '좋아요'는 정말 좋은가?

소셜미디어를 연구하는 전문가들은 소셜미디어에 올린 일상의 경험과 느낌은 자기 정체성을 표현한다고 말합니다. 그것들은 세상 사람들이 나를 평가하는 도구가 됩니다. 즉 자기 글에 대한 댓글도 평판의 기준이 되며 소셜미디어 속에서 만난 사람들까지도 자기 정체성의 일부로 평가됩니다. 따라서 전문가들은 소셜미디어에 접속하여 누르는 '좋아요'가 진정한 공감인지에 대한 성찰이 필요하다고 강조합니다.

『공감한다는 것』을 쓴 두 글쓴이는 이 점에 대해 명쾌한 해답을 제시하고 있습니다. 글쓴이들은 "소셜미디어에서 '좋아요'는 정말 좋은가?", "무조건 많이 공감하면 세상이 더 좋아질까?"라는 질문을 던지고 소셜미디어에서의 '좋아요'가 가져올 수 있는 문제점들을 지적합니다.

첫째, 소셜미디어는 비슷하게 생각하는 사람들끼리 모인 공간이기 때문에 나와 비슷한 사람이 세상의 다수라는 착각을 일으킵니다. 이에 따라 '나만 이런 생각을 한 게 아니구나!'라고 생각하게 되고 이것을 계속 확인받기 위해서 글을 올립니다. 당연히 공감받는다고 여깁니다. 현실에서는 의견이 다른 사람들과 갈등을 겪을지 몰라서 전전긍긍했지만 소셜 미디어에서는 쉽게 위안받고 지지를 받으니까요.

둘째, 소셜미디어는 인정 욕구를 채워줍니다. 누구나 자신을 알아주기를 바라는 마음이 있는데 현실에서는 자신의 노력을 인정받기 쉽지 않지요. 노력과 시간도 많이 필요하고요. 하지만 소셜미디어에 올린 게시물은 금방 반응이 오고, 누가 눌렀는지도 확인할 수 있습니다. '좋아요'를 많이 받으면 자신을 인정해 주는 것 같아 우쭐해지고 공감받는다고 느낍니다. 그러다 보니 어떻게 하면 더 공감을 많이 받을 수 있을까 골몰하게 됩니다.

셋째, 소셜미디어에서 공감을 많이 받으려면 짧고 인상적인 글이나 영상을 올려야 합니다. 자신의 입장도 분명하고 단순하고 선명하고 심지어 극단적이어야 합니다. 양쪽의 입장을 다루면 자기편이 아니라고 여겨서 외면받을 수 있으니까요. 그로 인해 소셜미디어에는 점점 더 극단적인 주장이 넘쳐 나게 됩니다. 2021년 1월 6일 미국에서 트럼프 대통령을 지지했던 사람들이 워싱턴 연방의회 의사당에 난입한 사건도 트럼프 지지자들이 트위터나 페이스북 같은 소셜 미디어를 통해 극단화된 사례로 꼽히고 있지요.

글쓴이들이 지적한 대로 소셜미디어를 통한 '좋아요'는 우리가 추구하는 공감이 아닌, 같은 편끼리 동조하고 밀어주는 편 가르기를 만들 수 있습니다. 공감은 나와 같은 생각이 아닌 사람의 입장에 서서 이해할 줄 아는 것인데, 소셜미디어에서는 이런 공감을 실천하기가 어렵다는 것이지요.

또한 인터넷상에 올라온 불행한 사람에 관한 사진과 영상을 보고 소셜미디어에 공유하는 것도 신중히 해야 한다고 글쓴이들은 지적합니다. 이는 불행한 사람의 처지를 동정하는 데에서 그칠 가능성이 높기 때문입니다. 불쌍하다는 생각을 뛰어넘어 그들을 돕기 위해 연대하거나 도움의 손길을 내밀 줄 아는 게 공감일 것입니다.

# 공감의 반경을 넓히기

한편『공감한다는 것』의 글쓴이들은 우리의 공감을 장애인, 외국인 노동자, 난민, 소수 청소년 등에게로 공감의 반경을 넓힐 것을 호소합니다. 그렇다면 공감의 반경을 넓히려면 어떤 노력이 필요할까요? 먼저 다원적이고 다양한 시각을 형성하는 것이 먼저일 것입니다. 앞에서 언급한 대로 자기와 비슷한 처지의 사람들, 같은 생각을 가진 집단에 무조건 동조하는 것이 아니라 다양한 집단에 대한 이해가 매우 중요합니다. 그러려면 책 읽기를 통한 풍부한 지식의 배양과 공감 노력이 절실합니다. 비록 직접 경험하지는 않았지만 상상적 공감을 통해 그들을 배려하고 도울 수 있는 것입니다.

『공감의 반경』을 쓴 진화생물학자 장대익 교수도 공감 능력은 교육과 노력을 통해 향상될 수 있다고 강조합니다. 대표적인 사례로 캐나다의 교육 혁신가 매리 고든이 창안한 '공감의 뿌리' 프로그램이 있습니다. 5세에서 13세 아이들을 대상으로 한 이 프로그램은 교실에 정기적으로 엄마와 아기가 방문하게 하고 그 엄마와 아기의 상호 행동을 학생들이 보고 듣고 느끼게 함으로써 학생들의 공감력을 증진하게끔 설계되었습니다.

특히 장대익 교수는 공감력을 높이는 데 독서가 중요하다고 말합니다. 그는 책을 천천히 읽고 사고하는 과정에서 얻는 자신과 타인에 대한 성찰의 힘이 공감 능력을 키운다고 말합니다. 영상을 볼 때 우리의 뇌는 주로 시각 피질만을 활용하지만, 책을 읽으며 몰입할 때는 뇌 전체가 활성화되고 활용됩니다. 9일 동안 소설책을 읽게 한 후 뇌를 관찰한 결과 공감과 연민 등 사회적 정서 반응 및 기억력이 높아졌다는 연구도 이런 생각을 입증합니다.

널리 알려진 대로 호모 사피엔스가 문명을 건설한 유일한 영장류로 진화할 수 있었던 결정적 이유는 타인에게 마음을 열고 협력할 줄 아는 '공감 능력' 때문입니다. 저자들이 강조한 것처럼 공감의 반경을 넓히기 위해서 과도한 소셜미디어 사용을 자제하고 독서를 통해 다원적인 사고와 공감 능력을 길러서 인류의 품위를 유지해야 할 것입니다.

## 공감을 위한 질문

**Q1** 소셜미디어를 사용하면서 공감을 통해 보람을 느낀 경험, 또는 불
쾌했던 경험이 있나요?

> **가이드** 격려의 말이나 좋은 정보를 통해 흐뭇함을 느낀 사례, 또는 반대로
> 마음이 상했던 경험을 떠올려 보세요.

**Q2** 책을 읽으면서 알게 된 소셜미디어의 문제점과 소셜미디어를 통한
공감의 방법에는 무엇이 있나요?

> **가이드** 최근에 나온 사회학자 조너선 하이트의 『불안세대』에는 소셜미디어
> 의 문제점을 지적한 내용이 나옵니다.

**Q3** 후원금을 모으기 위해 굶주림에 시달리는 불행한 아이들의 사진을
담은 구호단체의 광고를 볼 때 어떤 감정을 느끼나요? 이럴 때 어
떻게 하는 것이 바람직한 공감이라고 생각하나요?

> **가이드** 비참한 사람들의 모습을 보여주어서 보는 이로 하여금 동정심을 유
> 발하여 기부를 하도록 하는 광고에 대해 비판의 목소리가 높습니다.
> 어떤 방법으로 어려움에 처한 이들을 돕는 것이 바람직할지 생각해
> 보세요.

# 서로에게 조금 더 관심을 기울이고 경청한다면

_ **황세연**(염창중학교 3학년)

이 책은 공감에 대한 이론부터 공감을 실생활에서 어떻게 적용할 수 있는지에 대한 전반적인 내용을 독자들에게 이야기해 주는 책입니다.

이 책에서 제가 가장 인상 깊게 읽었던 부분은 자신이 처한 상황에 따라 남을 돕는 정도가 다르다는 사실이었습니다. 아무리 성품이 좋은 사람이더라도 자신이 바쁜 상황에 처해 있다면 남을 잘 돕지 않는 경향을 보였습니다. 이 사실은 착한 사람들은 항상 남을 돕는다고 생각하던 저에게 매우 충격적인 사실이었습니다. 자신의 여유를 가질 수 있는 사람이 진정 남을 도울 준비가 되어 있는 사람이라는 것을 깨닫고, 저도 여유를 가질 수 있는 사람이 되어야겠다고 생각했습니다.

또한 저는 이 책을 읽으면서 '공감'이라는 단어를 한 번 더 생각해 보게 되었고, 공감과 동정의 차이에 대해 알게 되었습니다. 1950년대의 아프리카 원주민 전시에 관한 내용에서 그를 좀 더 자세히 알게 되었습니다. 글쓴이는 이 전시를 통해 동정과 공감의 차이를 설명합니다. 동정과 공감의 가장 큰 차이는 '상대방의 입장에 나를 대입해

보았는가?'입니다. 공감이라는 것은 상대방의 입장에서 그 사람의 처지에 대해 생각하며 같은 감정을 느끼는 것이고, 동정은 그저 상대의 처지를 안타깝게 여기는 것입니다. 공감 또는 동정을 받는 사람의 입장에서 생각해 본다면 공감을 받는 것은 자신의 기분을 이해받는 느낌이겠지만, 동정은 불쾌하게 느껴질 것이라는 생각을 했습니다.

이 이야기를 읽으며 저에게도 상대방에게 공감이 아닌 동정을 한 경험이 있는지에 생각해 보았습니다. 막상 저도 상대에게 공감보다는 동정을 한 경험이 더 많다는 것을 느꼈고, 앞으로는 동정이 아닌 공감을 함으로써 상대방의 아픔을 조금이라도 덜어줄 수 있는 작은 힘이 되고 싶다고 생각했습니다. 이를 실천하기 위해 가장 중요한 가치는 '경청'일 것입니다. 공감이라는 것은 서로를 이해할 때 나오는 것이고, 상대를 가장 잘 알 수 있는 방법이 대화이기 때문입니다.

상대의 감정, 의견에 동의하지 못하더라도 상대의 의견을 존중하며 이해하려 노력한다면 자연스럽게 상대에게 공감하는 능력을 키울 수 있을 것입니다. 저부터도 공감 능력이 부족하고 앞으로 더욱 성장해야 하는 사람이지만 현대의 많은 사람들 또한 서로에게 잘 공감하지 못하고, 그로 인해 일어나는 크고 작은 갈등이 많다고 생각합니다. 이러한 갈등을 해결하기 위해서라도 서로에게 조금 더 관심을 기울이고 경청한다면 더욱 좋은 사회로 거듭날 수 있을 것입니다.

앞으로 우리가 사는 사회가 '공감'이라는 중요한 가치를 실현하며 발전해 나갔으면 좋겠다는 작은 소망을 가지게 되는 책이었습니다.

# 02

# 공감의 시작은
# 차별 감수성

나의　삶이　차별과　무관한지　성찰하면서, 내게는　당연해　보이는　사회구조가　누군가에겐　차별이고　불평등일　수　있다는　것을　인식하며　살아가야　합니다.
　기억하세요, 공정한　차별은　없다는　것을.

ㅡ 이홍명

『선량한 차별주의자』
김지혜 글 / 창비

평범한 우리 모두가 '선량한 차별주의자'일 수 있다고 말하는 책. 차별을 당하면서도 작은 문제제기조차 해보지 못한 사람들부터 소위 프로불편러까지, 차별과 혐오의 시대에 지친 현대인을 위한 책.

장애가 있다는 것이 차별과 편견의 이유가 될 수 없지만, 여전히 우리 안에 보이지 않는 차별이 남아 있음을 보여주는 책이 있습니다. 바로 『선량한 차별주의자』입니다.

책의 저자는 혐오 표현에 관한 토론회에서 본인이 '결정장애'가 있다는 말을 별생각 없이 사용한 후, 자신이 차별주의자라는 사실을 알게 되었다고 합니다. 우물쭈물 고민하느라 결정을 잘하지 못하는 자신을 비하한 말이었기에, 처음엔 그것이 뭐가 문제가 되는지 몰랐습니다. 하지만 '장애'라는 말이 부족함과 열등함을 의미하고, 그런 관념 속에서 장애인을 비하하는 뜻이 담겨있다는 것을 인식하고 나니, 그동안 눈치채지 못했을 뿐 우리의 일상에 차별하는 말과 생각이 얼마나 많이 들어 있는지 보이기 시작했습니다.

알고 보니 우리가 사용하는 말 중에 장애라는 단어가 들어간 말이 참 많습니다. 선택 장애, 통신 장애, 학습 장애, 보행 장애, 호흡기 장애 등 어떤 일의 진행에 방해가 되거나 충분히 기능하지 못할 때 장애라는 말을 쓴다는 걸 알게 되었습니다.

'그 말이 어때서?'라고 생각할 수도 있습니다. 대체할 다른 말이 딱히 떠오르지도 않고 너무 지나친 반응이라는 생각이 들 수도 있습니다. 왜냐하면 자신은 장애인을 차별할 마음이 없다고 생각하기 때문입니다.

문제는 바로 그것입니다. 차별을 느끼는 사람은 있는데, 차별을 한다는 사람은 잘 보이지 않습니다. 사회의 구조가 비장애인

위주로 만들어져 있기에 내가 당연하게 누리고 있는 것들이 특권인 줄 모르기 때문입니다. 장애인 입장에서 생각한 적이 없기에 그것이 왜 차별인지 모르기 때문입니다.

'선량한 차별주의자'란 차별할 의도는 없었는데 모르고 차별한 사람을 의미합니다. 알고 보니 무지함을 선량함으로 바꾸어 표현한 것이었네요. 때로는 모르는 게 약이 아니라 잘못이 되기도 합니다. 그렇다면 여러분의 차별 감수성은 어떤가요? 나는 사회적 차별에 민감하게 반응하는 사람인가요? 내 눈에 보이지 않는 차별은 어떤 것이 있을지 생각해 봅시다.

## 공감은 차별을 인식하는 것에서 시작한다

여러분은 자신이 직접 당하는 차별로 어떤 게 있는지 생각해 본 적 있나요? 제가 가르치는 중학생들에게 학교의 우열반 편성을 어떻게 생각하는지, 물어본 적이 있습니다. 아이들은 당연히 싫다고 했어요. 차별도 그런 차별이 없다는 것이었습니다. 사람의 능력은 여러 가지 측면에서 볼 수 있는데, 학습 능력 한 가지만으로 사람을 평가하고 구별한다는 건 공정하지 못하다는 것이 그 이유입니다. 특히 학업 성적이 높은 학생이 그렇지 못한 친구의 입장을 고려하는 걸 보고 뛰어난 공감력에 놀랐습니다. 우반과 열반 대신 특반과 평반이란 단어를 사용해 위화감을 다소 누그러뜨리기는 했지만, 한 고등학교의 우열반 학급 편성 만족도 조사 결과를 보면 특반에 들어간 학생의 89%가 만족감을 보인 반면, 평반 학생의 78%는 편성에 불만족한다고 답했습니다. 수준별 학습이 학생들에게 이로운 제도라고 주장한 학교 측의 의견과는 달리, 학생들 대다수는 이 제도를 원하지 않는다는 사실 그리고 특반 학생에게만 유리하다는 점이 입증된 것입니다. 국가인권위원회에서 고등학교의 우열반 제도가 차별행위라고 판단한 위의 사례는 작은 차이가 차별의식을 낳고 열등적인 자아상을 심어줄 수 있다는 점에서, 모든 사람에게 성장의 기회를 주어야 하는 교육의 기능에 반하는 것임을 보여줍니다.

## 네가 나라면 넌 웃을 수 있니?

코미디 프로그램에 나오는, 한국말에 서툰 외국인 캐릭터를 보고 깔깔대며 웃은 적이 있나요? 혹은 못생기고 뚱뚱한 외모를 가진 여성을 조롱하는 듯한 개그나, 꼰대인데 무능한 직장 상사 캐릭터를 보며 웃어본 적 있나요? 고대 그리스 철학자들은 사람들이 다른 사람의 약함, 불행, 부족함, 모자람을 볼 때 즐거워한다고 했습니다. 웃음은 그들을 향한 조롱의 표현이라는 것이지요. 이런 관점을 우월성 이론이라고 합니다. 다른 사람과 비교해 자신이 더 낫다고 생각할 때, 자존감이 높아지면서 기분이 좋아진다는 것입니다. 누군가를 비하하는 유머가 재미있는 이유는 그 대상보다 자신이 우월해지는 기분이 들기 때문입니다. 하지만 이런 생각에 공감하지 않는 사람도 있을 수 있습니다. 왜 웃는지, 그 이유를 따져 보고 나면, 더 이상 웃고 싶지 않은 사람들도 있으니까요.

개그는 개그일 뿐인데 왜 다큐로 받아들이냐고 말하는 사람이 있다면, 여러분은 어떻게 반응할 건가요? 저는 때론 '웃자고 하는 말에 죽자고 달려드는 사람'이라는 말을 듣기도 합니다. 누군가 비하하는 발언이나 조롱하는 웃음을 무심코 던질 때, 그냥 넘어갈 수 없었습니다. "너의 농담이 누군가에겐 큰 상처가 되고 수치심에 화가 나서 죽고 싶게 할 수도 있어."라고 따지거나 반박했습니다. 그 웃음과 농담에 동조할 수 없는 이유는 입장을 바꿔서 본인이 그런 대상이 되거나 가족이 그런 대우를 받는다고 했을 때, 과연 웃어넘길 수 있는지 묻고 싶기 때문입니다.

"이런저런 핑계 대지 마. 입장 바꿔 생각을 해봐. 지금 니가 나라면 넌 웃을 수 있니?"

유명한 대중가요의 가사 한 마디가 떠올라서 그대로 옮겨 봤습니다. 비하하고 조롱하는 말로 남에게 모멸감, 좌절감, 수치심을 느끼게 하는 것. 그것이 바로 차별임을 알아야 합니다. 그러므로 누군가를 깔보고 놀리는 농담에, 적어도 웃지 않는 것만으로도 그런 행동이 괜찮지 않다는 메시지를 던져야 한다고 생각합니다.

# 공정한 차별은 없다!

사람들은 차별보다 평등을 원합니다. 하지만 우리 사회엔 여전히 불평등이 존재합니다. 어떤 차별은 보이지 않고 심지어 공정함으로 포장되기도 합니다. 차별이 보이지 않는 이유는 무엇일까요? 그것은 바로 차별을 차별로 인식하지 못 하게 하는 사회 구조 때문입니다. 이미 차별이 사회적으로 오랫동안 지속되어서 당연한 것으로 받아들이기에 가능해진 것입니다. 차별로 인해 이익을 얻는 자나 불이익을 얻는 자 모두가 스스로 불평등한 구조의 일부가 되어버려서 인식을 못 하게 되는 것이죠.

능력주의로 설명되는 한국 사회의 대학 서열화를 그 예로 들 수 있습니다. 열심히 공부해서 명문대에 들어가고 그 대가로 좋은 직업을 갖게 되는 것, 돈을 많이 버는 것, 사회적으로 성공하는 것이 당연하다는 학벌 계급주의가 우리 안에 만연해 있습니다. 대학에 순위를 매겨 줄을 세우고 그 서열에 따라 사람을 평가하는 고정관념입니다. 사람마다 능력이 다르고, 그에 따라 노력한 결과가 보상으로 주어지는 건 너무나 당연하다고 생각하기에 그로 인한 차별은 정당하다는 것입니다. 여러분은 대학에 따른 학벌 차별에 대해 어떻게 생각하나요? 학업 성적의 차이가 이런 사회적 차별을 가져와도 된다고 생각하는지, 혹시 그런 차별은 오히려 공정한 것이라고 여기는지 궁금하네요.

『선량한 차별주의자』 글쓴이는 대학 서열을 둘러싼 심리적 불편함이 우월감과 열등감 사이에 존재할지도 모른다고 말합니다. 모든 사람에게 성장의 기회를 주어야 하는 교육의 본질이 왜곡되어 누군가에겐 우월감을, 다른 누군가에겐 열등감을 심어주는 체제가 된 것은 잘못이라는 겁니다. 사람들 마음에 내면화된 낙인과 열등감은 불평등한 구조를 감지하는 신호가 될 수 있다는 것이죠. 그 과정이 불평등한 조건에서 이루어지는 일임에도 불구하고, 사회의 차별적인 구조를 인식하지 못한 채 개인적인 노력의 차이로만 받아들이는 것은 공정하지 못하다는 것입니다. 학벌의 차별이 사회적 신분의 차별을 가져오고 그에 따른 경제적 임금 차별로 이어지는 불평등한 구조는 언젠가부터 자연스러운 일상처럼 굳어져 우리 모두를 불편하게 하고 있습니다. '어떤 차별은 공정하다.'는 모순적인 생각에서 벗어나려면 진짜 평등한 사회가 어떤 것인지 알아야 하지 않을까요?

## 공정 세계 가설에서 벗어나는 방법

사회심리학자 멜빈 러너는 사람들이 '공정 세계 가설'을 품고 산다고 말합니다. 세상은 공정하고 누구나 열심히 한 만큼 결실을 본다고 믿는다는 것입니다. 세상이 공정하다고 생각해야 자기 미래의 삶을 계획하며 일상을 유지하고 살아갈 수 있다고 믿기 때문일 겁니다. 하지만 우리가 사는 세상이 언제나 그렇지만은 않다는 걸 인정해야 합니다. 세상은 여전히 차별이 존재하고 불공정한 일이 많습니다. 차별을 당하는 사람은 있는데 차별을 하는 사람은 없는, 그 구조적인 잘못을 알아야 하고 바꾸어 가야 합니다. 그렇지 않으면 차별은 계속될 것이고, 그 불공정함으로 인해 누군가는 여전히 고통 속에서 힘들어할 것입니다.

공정 세계 가설에서 벗어나려면 우리는 어떻게 대응해야 할까요? 나의 삶이 차별과 무관한지 성찰하면서, 내게는 당연해 보이는 사회 구조가 누군가에겐 차별이고 불평등일 수 있다는 것을 인식하며 살아가야 할 것입니다. 기억하세요, 공정한 차별은 없다는 것을.

차별을 보지 못하는 '선량한 차별주의자'가 되지 않으려면 어떠한 차별도 정당한 것으로 위장하지 않도록 우리의 차별 감수성을 키워 나가야 하겠습니다.

## 공감을 위한 질문

**Q1** 책에 나온 비하와 혐오를 담은 표현들과 그 말에 담긴 의미를 소개하고, 그런 표현을 쓰는 사람들에게 부족한 공감력이 무엇이라고 생각하는지 말해보세요.

> **가이드** 사람들이 비하와 혐오의 말을 쓰는 이유가 무엇인지 생각해 보세요.

**Q2** 내가 보지 못하는 불평등한 사회 구조는 무엇이 있을까요? 그것을 이해하기 위해서 나에게 어떤 공감력이 필요할까요?

> **가이드** 내가 속한 학교와 사회에서 일어나는 일들에 관심을 가지고 알아가는 것이 중요합니다.

**Q3** 선량한 차별주의자가 되지 않기 위해 저자는 어떤 노력을 해야 한다고 말하고 있나요? 그것을 이루기 위해서는 어떤 공감력을 키워가면 좋을까요?

> **가이드** 내 주변의 일들을 타인의 관점과 입장에서 바라보는 연습이 중요합니다. 작은 일부터 마음을 열어 관심을 갖도록 노력해요

# 무심코 행한 차별을 반성합니다

_ **안시언**(문래중학교 3학년)

살아가면서 차이와 차별을 의식하고 사는 사람이 얼마나 있을까요? 아마 많지 않을 것 같습니다. 저는 이 책을 읽으며 우리가 평소에 알아채지 못했던 우리만의 특권이 있었음을 알았습니다. 예를 들면 자유롭게 버스를 타고, 우리가 먹고 싶은 음식점에 가서 우리가 먹고 싶은 음식을 먹는 것은 휠체어를 타는 사람들의 입장에서 볼 때 특권입니다. 그렇다면 우리는 왜 우리의 특권을 의식하지 못할까요? 우리는 상대방의 입장에서 생각하지 않기 때문입니다. 우리가 상대방의 입장에서 역지사지의 마음으로 생각한다면 금방 알아차릴 수도 있을 텐데 말입니다.

일반적으로 대학교의 이공계열은 남성의 성비가 높고, 간호, 약학, 교육계열은 여성의 성비가 높습니다. 진로, 진학과 관련된 이런 차이가 사회적 차별로 인한 것은 아닐까요? 대부분 사람은 자신들의 머릿속에 사회적 통념에 대한 틀을 정해두고 그에 맞춰서 행동합니다. 아무도 그 틀에 이의를 제기하는 사람이 없을 때 그 틀은 깨지지 않습니다. 왜 이의를 제기하는 사람이 아무도 없을까요? 어쩌면 틀 자체에 관심이 없거나, 너무나 그 틀에 익숙해져서 그것이 문제일 수 있다는 생각조차 안 하기 때문일 수도 있습니다. 또한 사람마다 그 틀은 다르기 때문이고, 다른 사람의 틀에 아예 관심이 없기 때문일 수 있습니다. 이게 사회적 편견이 아직 남아있는 이유일 것입니다.

글쓴이는 이 책에서 능력주의가 정말로 공정한 규칙이 되려면 무슨 능력을 어떻게 측정할 것인지 기준을 만들고 수행하는 사람들에게 한 치의 편향도 없어야 한다고 말합니다. 능력주의의 관점에서 보면 여러 차별이 상당히 합리적으로 보입니다. 그런데 정말 그런가요? 능력주의 체계는 애초에 편향될 수밖에 없는 체계로 능력주의에 의해 선정된 평가방식은 모든 사람에게 공평하기 어렵습니다.

그 예로 2010년에 대학 졸업을 앞둔 청각장애인이 취업 시험에서 회사가 자신에게 비장애인과 같은 기준을 요구했다면서 국가 인권위원회에 진정을 냈습니다. 토익은 450점이 듣기, 450점이 독해/문법으로 이루어져 있는데 귀가 안 들리는 자신에게 600점 이상의 점수를 요구한 게 차별이라는 것입니다. 아마 시험 문제를 출제하고 측정하는 기준을 만드는 사람들의 머릿속에서 떠올리는 지원자 중에 장애인은 없었을 것입니다.

저는 평소 내가 차별을 하지 않고 다른 사람들을 잘 배려한다고 생각했습니다. 하지만 이 책을 읽으면서 제가 차별, 평등에 대해서 잘 모르고 있었다는 것을 알았습니다. 그동안 제대로 모르고 무심코 행하는 차별이 있었을지도 모르겠습니다. 하지만 저는 조금씩 바뀔 것입니다. 세상에는 아직도 많은 차별이 당연시되고 있지만 저처럼 책을 읽고 조금씩 깨닫게 되면 변화될 것이라고 생각합니다.

# 동물들이
# 행복하게 살 권리

|   | 우 | 리 | 가 |   | 볼 |   | 수 |   | 없 | 었 | 던 |
|---|---|---|---|---|---|---|---|---|---|---|---|
| 사 | 회 | 의 |   | 이 | 면 | 에 | 서 |   | 늘 |   | 약 |
| 자 | 로 |   | 존 | 재 | 해 | 야 |   | 했 | 던 |   | 동 |
| 물 | 들 | 의 |   | 권 | 리 | 를 |   | 요 | 구 | 한 | 다 |
| 면 | , | 그 | 것 | 은 |   | 인 | 간 | 의 |   | 우 | 월 |
| 적 |   | 지 | 위 | 에 | 서 | 의 |   | ' | 허 | 용 | ' |
| 이 |   | 아 | 니 | 라 |   | 동 | 등 | 한 |   | 생 | 명 |
| 개 | 체 | 로 | 서 |   | ' | 인 | 정 | ' | 해 |   | 주 |
| 는 |   | 마 | 음 | 입 | 니 | 다 | . |   |   |   |   |
|   |   |   |   |   |   |   |   | _ | 위 | 영 | 화 |

『10대와 통하는 동물 권리 이야기』

이유미 글 / 철수와영희

식량 문제 해결책과 실험 대상 그리고 동물원 관상용으로 고통스러운 삶을 살고 있는 동물들의 이야기를 전하고 있다. 이 책의 저자는 이런 동물들의 이야기를 통해 동물 권리와 동물 복지를 실현하는 방법을 모색한다.

옛말에 '밥심으로 산다.'라는 말이 있습니다. 하지만 서구화의 물결과 함께 한국인의 식습관이 확연하게 달라졌지요. 이제는 '밥심'보다는 '고기'의 힘으로 산다는 말이 어울릴 정도로 우리의 육류 소비량은 부쩍 증가했습니다. 장구한 세월 한국인의 밥상을 책임져 온 쌀이 고기에 자리를 내주게 된 셈이지요.

며칠 전 '한국 사람들이 가장 좋아하는 고기는 돼지고기이며 지난해 1인당 육류 소비량 가운데 돼지고기(30.1kg)가 가장 많았고, 닭고기(15.7kg)와 소고기(14.8kg)는 비슷한 수준으로 조사되었다.'라는 내용의 신문 기사*를 보았습니다. 게다가 한국농촌경제연구원은 앞으로 육류 소비는 더 늘어날 것으로 전망했습니다. 하지만 한 편에서는 육류 소비를 줄여야 한다고 주장하고 있습니다. 우리는 왜 육류의 소비를 줄여야 하는 걸까요?

가축 사육은 농사와 함께 농경사회에서 시작되었습니다. 가축화를 위해 사람이 먼저 기르기 시작한 짐승은 개와 돼지였습니다. 특히 돼지는 원시 농업을 영위하던 사람들이 흔히 기른 짐승으로 알려져 있습니다. 돼지는 고기와 가죽을 제공하는 다용도 가축이었습니다. 그 후 오랜 시간을 거쳐 돼지고기는 서민 음식으로 자리매김하게 됩니다. 하지만 점점 그 수요가 늘어날수록 사람들은 오히려 돼지를 처참한 환경에 내몰고 잔인한 방식으로 사육하거나 도축했지요. 이러한 이유가 육류의 소비를 줄여야 하

---

* 　2024년 3월 2일, 연합뉴스

는 이유입니다. 또 다른 이유는 가축 생산은 메탄과 이산화탄소 같은 온실가스로 인한 환경 오염 문제입니다. 특히 소를 사육할 때 소의 소화과정에서 트림이나 방귀를 통해 발생하는 메탄은 지구온난화를 가중시키기 때문이지요.

## 동물 복지 얼마나 알고 있니?

동물 복지를 연구하는 윤진현[*] 교수가 쓴 『돼지 복지』에서는 저자가 한국의 양돈장을 방문하고 농장 동물의 열악한 삶을 직접 목격하는 순간을 이야기합니다. 좁은 우리에 갇혀 사는 돼지들을 목격한 후 그들의 고통에 깊게 공감하며 이 악순환을 끊을 수 있는 현실적인 대안을 마련하고자 하지요. 그것이 바로 '동물 복지'입니다.

'동물 복지animal welfare'라는 개념은 1964년 영국 작가 루스 해리슨Ruth Harrison이 제2차 세계대전 이후 집약화된 공장식 축산에 비판적인 시각을 제기하면서 등장했어요. '동물 복지'는 일반적으로 인간이 동물에게 미치는 고통과 스트레스 등을 없애며, 동물의 심리적 행복을 실현하고 동물의 본래 습성을 유지할 수 있는

---

[*]  전남대학교 동물자원학부 교수. 우리나라 축산농가에서 현실적으로 적용할 수 있는 동물 복지 생산 시스템을 구축하여 동물 복지 축산 실현을 앞당기기 위해 노력하고 있다.

환경을 제공하는 것을 말합니다. 동물이 상해 및 질병, 갈증, 굶주림, 스트레스 등에 시달리지 않고 행복한 상태에서 살아갈 수 있도록 하는 것이지요. 또한 식용으로 소비되는 소, 돼지, 닭, 오리 등의 가축이 지저분하고 열악한 환경에서 자라지 않고 청결한 곳에서 적절한 보호를 받으며 행복하게 살 권리도 포함됩니다. 따라서 관리자는 돼지의 두려움을 줄이기 위해 돼지와 늘 긍정적인 상호작용, 다시 말해 교감해야 한다고 합니다.

동물 보호법이 단순히 동물을 보호하자는 취지였다면 동물 복지법은 인간의 책임 의식을 바탕으로 동물의 생명을 보호하고 안전을 보장하고 복지까지 증진해야 한다는 취지입니다. 결국, 동물과 인간이 조화롭게 공존하는 사회로 나아가기 위한 방향을 담고 있는 것이지요. 하지만 기저에 깔린 동물 학대 문제를 제대로 알지 못한다면 사람들은 공감도 못 한 채 안타깝다고만 생각할 겁니다.

## 평등은 다른 존재의 이익을 똑같이 고려하는 것

호주 출신의 철학자 '피터 싱어'•는 종차별에 반대하는 논거

---

• 피터 싱어Peter Albert David Singer는 동물해방론의 선구자이자 행동하는 오스트레일리아의 철학자이다. 공리주의에 바탕을 둔 윤리 체계를 정립하여 빈곤 및 기아 문제를 해결하고자 노력하는 실천주의 윤리학자로 역사, 종교, 문화 등 인간의 총체적 삶을 조명하며 자신의 실천 윤리관을 펼쳐왔다.

를 집대성하여 1975년『동물해방』을 펴냅니다. 그는 수많은 동물들이 관여하고 있는 실험실과 공장식 농장이라는 환경을 검토하면서 이러한 환경이 동물들에게 얼마나 견디기 힘든 고통을 야기하고 있는지 말합니다. 그리고 동물 학대의 배후에 깔린 종차별주의의 그릇됨을 폭로하고 이를 극복해 나갈 것을 권유하고 있지요. 그는 인간의 친척인 비인간 동물도 쾌락과 고통을 느끼는 능력이 있다는 사실을 인정하고 종차별을 비판하며 종평등의 원칙을 제시합니다. 종 차별주의란 인간이 비인간 동물보다 우월하다고 여기는 태도를 일컫는 말로, 싱어는 이 개념을 비판하면서 인종 차별이나 성차별과 유사한 맥락에서 접근해야 한다고 강조하지요.

그는 사람들에게 이 개념을 '종' 대신 '인종'으로 치환하여 생각해 보라고 제안하며, 이것은 사람과 동물 간의 윤리적 대우에 있어서 같은 잣대가 적용되어야 함을 상기시킵니다. 결국 피터 싱어가 주장하는 평등이란 모두를 똑같이 대우한다는 뜻이 아닙니다. 다른 존재의 같은 이익을 똑같이 고려한다는 뜻이지요. 다시 말하면 '종평등'이란 종에 상관없이 다른 동물의 고통도 인간의 고통과 똑같이 고려한다는 것입니다.

『10대와 통하는 동물 권리 이야기』에서도 식량 문제 해결책과 실험 대상 그리고 동물원 관상용으로 고통스러운 삶을 살고 있는 동물들의 이야기를 전하고 있습니다. 이 책의 저자는 이런 동물들의 이야기를 통해 동물 권리와 동물 복지를 실현하는 방법을 모색하고자 합니다.

최근 데이터에 따르면, 대한민국에서 반려동물을 키우는 비율은 약 20% 이상이라고 합니다. 특히 개와 고양이가 가장 인기 있는 반려동물 종이라고 하지요. '반려'라는 말의 의미는 짝 반(伴)과 짝 려(侶)라고 하여 '인생을 함께하는 자신의 반쪽 짝'이라는 뜻입니다. 단순히 키우는 동물이 아닌 가족처럼 함께하는 소중한 존재라는 의미겠지요. 하지만 우리는 가까운 존재일수록 소중함을 잃고 지낼 때가 많습니다. 기본적인 삶을 유지하는 데 동물이 함께 하는 것이 아니라 인간의 욕망과 탐욕, 그리고 부를 축적하는 도구로 사용되고 있다는 사실입니다.

지난 2024년 2월 6일에 개 식용 종식법이 공표되었지요. 개 식용 문제는 88 올림픽 등 다양한 계기로 제기돼 왔던 고질적인 사회 문제이기도 했습니다. 동물 복지에 대한 관심이 점점 확대되면서 개 식용 종식 문제 해결을 위해 2022년 사회적 논의기구가 출범하고, 23차례 회의를 거치면서 합의를 이루어 냈지요. 특별법의 주요 내용은 2027년 2월 이후 식용목적의 개 사육, 도살, 유통, 판매가 금지된다는 것입니다.

그렇다면 개 식용이 금지된 지금, 사육 규모가 총 46만 6000마리였던 많은 개들은 어떻게 되는 걸까요? 최대한 자연적으로 수를 줄이고, 농장에서 이들을 관리하는 방안이 추진되어야 하며 지자체가 인수하는 경우 이를 수용하기 위한 보호센터 등도 확충해야 할 것입니다. 다만 불가피하게 발생하는 잔여 견의 경우 시설 수용 여력이 부족하면 시설 여건이 좋은 대규모 농장을 중심으로 임시보호센터로 위탁 운영하는 방안 등을 통해 최대한 동물보호법에서 규정한 규제에 따라 보호 관리한다는 것이 정부의 방침입니다.

## 건강한 공존은 인간과 동물의 공감력

동물과 인간은 생태계 내에서 서로에게 중요한 존재입니다. 독일 동물보호법 제1조 1항에서는 '동물과 사람은 이 세상의 동등한 창조물'이라고 명시하여, 동물과 인간 간의 관계를 동등성으로 정의하고 있습니다. 이는 인간이 아닌 생명체도 도덕적 고려의 대상이 되어야 한다는 철학적, 윤리적 주장을 포함합니다. 이러한 인식은 인간과 동물이 환경, 경제, 사회, 문화적인 측면에서 공존해야 하는 필요성을 강조하지요.

인간은 동물을 단순한 소유물이 아닌 친구, 가족으로 인식해야 합니다. 동물에 대한 정서적 교감이 있을 때, 동물 복지를 존중하고 보호하는 노력이 강화되기 때문입니다. 이러한 노력은 결국 동물과 인간의 관계를 더욱 깊고 풍요롭게 할 것입니다. 동물에 대한 공감 능력이 중요한 이유는 동물들이 자신을 방어하거나 권리를 요구할 수 없기 때문입니다. 따라서 우리는 동물과의 공존을 위해 공감력과 이타적인 마음을 가져야 하겠지요.

## 동물 권리에 대한 인식 변화와 생태적 책임

현재 동물들은 인간 사회에서 여전히 약자로 존재하며, 그들의 권리는 종종 외면당합니다. 그러나 동물 권리는 단순히 동물복지를 넘어서, 모든 생명체가 생명권과 존엄성을 존중받을 권리가 있다는 원칙에 바탕을 두고 있지요. 이러한 동물 권리를 보호하기 위해서는 교육과 인식 제고가 필수적으로 선행되어야 합니다. 그리고 우리는 동물이 권리를 가지고 있는 존재라는 사실을 인식해야 하며, 이는 인간의 도덕적 의무로 이어집니다.

모든 생명은 서로 연결되어 있으며, 동물의 권리를 인정하는 것은 결국 인간의 권리와도 밀접한 관계가 있습니다. 우리가 동물의 권리를 존중하고 그들의 복지를 지지할 때, 생태계에서의 균형과 조화로운 공존이 가능해질 것입니다.

마지막으로 『10대와 통하는 동물 권리 이야기』의 글쓴이는 우리가 동물에 대한 이타적인 마음을 갖기 위해서 그 어떤 일보다 공감 능력이 필요하다고 말합니다. 우리가 볼 수 없었던 사회의 이면에서 늘 약자로 존재해야 했던 동물들의 권리를 요구한다면, 그것은 인간의 우월적 지위에서의 '허용'이 아니라 동등한 생명 개체로서 '인정'해 주는 마음이기 때문입니다. 동물은 스스로 폭력에 저항할 수 없으니까요. 나 아닌 다른 대상에 대한 공감을 토대로 서로 소통하고자 하는 마음이야말로 우리 사회를 풍요롭게 만드는 방법이겠지요. 이제 우리의 공감 능력을, 지구 생태계에서 우리와 함께 살아가는 동물까지 확장할 때이며 건강한 공존을 계획해야 할 때가 아닐까요?

## 공감을 위한 질문

**Q1** 『10대와 통하는 동물 권리 이야기』의 저자는 인류가 만든 수많은 차별의 역사에서 이제는 동물들이 목소리를 내야 할 차례라고 말합니다. 하지만 동물들이 일방적으로 이용 당한다고 하더라도 어떻게 자신의 권리를 주장할 수 있을까요? 만약 인간의 언어로 동물들이 소통할 수 있다면 무슨 말을 할까요?

**가이드** 현재 동물들에게 가장 필요한 것은 무엇일까요? 동물들의 입장으로 상상해 보세요.

**Q2** 행동주의 철학자 제레미 리프킨은 『육식의 종말』에서 가축의 대량 사육에 대해 비판하고 있습니다. 대량 축산으로 인한 지하수 오염과 메탄가스 방출이 환경 오염의 주범이 되고 있기 때문이지요. 이러한 문제점을 줄이기 위해서 우리가 해야 할 일은 무엇인가요?

**가이드** 탄소 중립을 이루기 위한 방법을 모색해 보면 대량 축산을 줄일 수 있는 근본적인 방법을 찾을 수 있어요.

**Q3** '동물보호법'을 보다 적극적인 '동물 복지법'으로 바꾸자는 의견이 있습니다. 만약 '동물 보호법'이 단순히 동물을 보호하자는 취지였다면 '동물 복지법'의 취지는 무엇인가요?

**가이드** '동물복지법'은 동물도 인간처럼 고통을 느낄 수 있고, 동물에게 고통을 주지 않고 보호한다는 의미를 갖고 있어요.

# 공감, 동물과 인간이 공존하기 위한 첫 걸음

_ **최산**(청운중학교 1학년)

대한민국은 '치킨 공화국'이라고 불릴 만큼 닭을 많이 먹는 나라입니다. 닭 뼈가 현 인류를 대표할 화석이 될 거라는 말이 있을 만큼 그 소비량이 막대하기 때문입니다. 저 역시 닭고기를 자주 먹습니다. 그러다 문득 내가 먹고 있는 닭들은 어떤 삶을 살았을까 궁금해졌습니다. 그래서 다양한 인터넷 정보를 통해 식용 닭이 우리 식탁에 오르기까지의 과정을 알게 되었고 그 후에 더는 닭을 맛있게 먹을 수가 없었습니다. 오로지 인간의 배를 채워야 한다는 단순한 목적으로 좁은 철창 안에서 비참한 삶을 살고 있는 닭들의 모습을 알게 되었기 때문입니다. 더 충격적이었던 것은 사람들이 닭들의 고통을 알면서도 먹는 것을 멈출 수 없다는 사실입니다.

『10대와 통하는 동물 권리 이야기』에서는 동물들도 인간과 마찬가지로 행복하게 살 권리가 있다고 말합니다. 동물들의 최소한의 권리를 지키기 위해 인류가 책임을 다해야 한다고 주장합니다. 그러기 위해서는 공감 능력을 모든 생명에게 확장해야 합니다. 공감이란 다른 존재의 감정을 자신과 공유하는 것이고, 인간이 동물과 공감하기 위해서는 먼저 그들의 고통에 귀 기울여야 합니다. 저는 이 책을 읽기 전에 공감이라는 것은 언어를 사용할 수 있는 인간에게 한정된 것인 줄 알았습니다. 하지만 이 책은 제가 동물들과 공감할 수 있다는 것을 일깨워 주었습니다. 우리가 동물보다 우월적인 존재로서 동물들을 위해 무언가를 해주는 것이 아니라, 동등한 위치에서 그저 서로를 위해 배려하는 것이 공감입니다. 공감은 동물과 인간이 건강하게 공존하기 위한 첫걸음이라는 생각이 들었습니다.

개인주의가 팽배한 시대인 만큼 사람들은 공감 능력을 잃어버리고 있는 것 같습니다. 사람들이 동물들과 공감할 수 있다면 동물들의 권리는 저절로 지켜질 것입니다. 왜냐하면 동물들의 아픔과 고통을 함께 느끼면 세상을 보는 눈이 달라질 것이기 때문입니다. 그들의 관점에서 세상을 본다면 배고파 우는 새끼 고양이나, 땅에서 말라 죽어가는 지렁이들의 감정을 느끼고, 그들에게 관심을 갖게 될 것입니다.

장뤽 포르케의 『동물들의 위대한 법정』에서는 환경파괴로 인해 서식지를 잃은 동물들의 이야기를 다룹니다. 이 책에서 너구리는 '인간들이 사라진다면 모든 생물이 행복하게 공존할 수 있다.'라고 말합니다. 그렇기 때문에 인간이 동물들을 돕는 것은 선한 마음에서 비롯된 행동이 아니며, 마땅히 해야 할 행동이라는 것입니다. 그러나 동물들을 돕는 것이 오직 동물들을 위한 것은 아닙니다. 저는 동물들과 공감함으로써 저 자신도 한 층 성장하고 치유되는 것을 느꼈기 때문입니다. 앞으로 저는 동물들과 그들의 감정을 나누면서 살아갈 것이고 다른 많은 사람이 공감을 통해 동물과 인간이 모두 성장하는 것을 느끼기를 바랍니다.

# 04

# 능력주의 다음은
# 협력과 공감의 시대

스스로에게 '왜 하는가'를 끊임없이 물어 궁극적인 목적이 수단으로 변질되지 않게 '나만의 목표와 기준'을 갖는 내면 동기를 확인해야 합니다.

_ 이유미

『나와 시험능력주의』
구정은 지음 / 너머학교

능력에 따라 보상받는 것이 정당하다는 생각, 나아가 시험 성적과 학력이 능력의 거의 유일한 잣대가 되어 버린 한국식 능력주의에 대해 예리한 질문을 던지는 책. 저자는 부모나 사회의 도움 없는 '개인'의 능력이란 없다며, 시험능력주의가 부추기는 불평등과 불안의 덫에서 벗어날 수 있는 길을 찾자고 말한다.

교육청 산하 도서관에서 특성화고로 파견돼 몇 년째 취업 자기소개서 특강을 하고 있습니다. 최근 특성화고는 부사관, 셰프, 크리에이터, 보건인, 개발자와 디자이너까지 다양한 학과가 있는데 학생들은 건실한 직업인이 되기 위해 애쓰고 있습니다.

본격적으로 자소서를 쓰기 전, 학생들에게 취업 지원 회사 관련 질문을 종종 던집니다.

"직무 수행 요구인 지식과 기술, 태도 중 회사에서 신입사원에게 요구하는 덕목은 무엇일까요?"

학생들은 처음에 지식과 기술을 말합니다. 하지만 배우는 자세가 생산성 높은 기술을 만들기 때문에 경험을 쌓는 태도가 중요하다고 말해주면 금세 수긍합니다.

그래서 또 이런 질문도 합니다.

"여러분이 회사 중간관리자라고 가정해 봅시다. 부하 직원이 성과를 내지 못한다면 어떻게 할 건가요?"

위 질문에 학생들은 마치 짠 것처럼 잠깐의 생각하는 시간도 갖지 않고, 입 모아 답합니다.

"그만두라고 해요. 능력이 없는데 왜 회사에서 계속 일하게 해요?"

아주 단호한 표정으로 노력조차 안 하는 사원은 회사에 둘 필요가 없다고 합니다. 제가 중간관리자는 그럴 권한이 없다고 부연하면 학생들은 곤혹스러워합니다.

왜 학생들은 '성과를 못 내는 부하 직원'의 이야기도 들어보지 않고 '그만두라'는 말부터 하려는 걸까요? 후배의 생각은 왜 알려고도 않는지요. 팀원이면 함께 일하는 공동체인데 왜 쉽게 결정할까요?

## 무임승차 조원과 협력이라니요

곰곰이 생각해 보니 학생들의 답이 사회의 한 축 같기도 합니다. 부족하면 도태되는 현대 사회에 기업은 성과가 없으면 회사를 떠나니 그렇게 대답한 것이지요. 능력도 없는데 노력까지 안 하면 월급이나 축내니 실직은 당연하다고 여깁니다.

이번에는 독서 수업을 하는 중학생들에게 더 현실적인 조별 평가도 물어봤습니다.

"조원이 팀 활동에 참여를 안 하려 한다면 어떻게 할 건가요?"

한결같이 이렇게 답합니다.

"비협조적인 무임승차 조원은 당연히 빼야죠."

그래도 그 친구가 할 수 있는 몫의 일거리를 주는 방향으로 함께 가는 것도 의의가 있다고 하면, 학생들은 경험담을 이야기하며 조원이 아무것도 안 하려는데 어떻게 시키냐고 성토합니다. "하나부터 열까지 들은 체도 안 하는데, 왜 내가 걔 때문에 피해를 보아야 하나요?"라며 답답함을 호소합니다.

그러면 저는 조별 평가는 개개인의 능력이 뛰어나더라도, 협력하며 결과물을 만드는 데 큰 의의가 있어 선생님들이 경험을 위해 과제를 내준다고 덧붙입니다. 머리를 맞대고 주제를 정한 뒤, 상대에게 부족한 개념을 알려주거나, 도움을 받으며 나와 다른 상대를 이해하는 계기를 만드는 것이지요.

"평가의 취지는 좋은데요, 무조건 협동한다고 성적이 보장된 것도 아니고, 내 능력을 입증하라고 평가가 있는 것 아닌가요?"

"단원도 이해 못하는 친구에게 왜 시간을 들여 도움을 줘야 하나요? 잘 시간 줄여 자료 찾은 걸, 왜 무능한 조원과 점수를 나누어야 하지요? 불공정해요."

그러면 저는 학생들의 성토에 여러분이 지망하는 대학과 기업 모두 실력은 기본이고, 집단에서 나타나는 갈등 해결을 중시한다고 말합니다. 면접에서 지원자의 인성과 관련된 협력과 리더십 경험을 묻는데 그땐 어떻게 하겠느냐고요.

'무능한 팀원은 필요 없어서 저 혼자 했습니다'라고 답할 건가요?

## 무한경쟁의 시작 능력주의

『나와 시험능력주의』의 글쓴이는 우리 사회에서 능력주의가 자리 잡은 배경을 이렇게 설명합니다. 성장을 거듭하던 시기, 한국은 계층 이동이 가능한 '노력하면 더 잘하는 사회'를 믿었습니다. 그런데 성장이 둔화된 이후, 다른 이가 가진 것을 뺏고, 뺏기는 제로섬 사회가 되었습니다. 1990년대 말 경제위기 IMF를 거치며 '경쟁력'이라는 이름으로 극단적인 능력주의가 힘을 얻었습니다. 경쟁이 부족한 탓에 국가에 위기가 닥쳤으니 경쟁을 늘려 능력을 키우라는 것입니다.

일에 대한 보상 시스템인 능력주의meritocracy 덕분에 경쟁에서 버티는 힘을 얻고, 이겨나갈 수 있었습니다. 다만 경제 위기 전까지 능력주의와 평등주의가 같이 어우러졌다면, 이후 성장에 방해가 된 평등주의가 아닌 경쟁 중심인 능력주의가 앞장서 사회의 기조가 되었습니다. 기업과 관공서는 경쟁으로 보상에 차등을 두면 실적이 올라갈 거라고 '성과주의 임금제도'를 도입했습니다. 적자생존의 세계에서 균등한 기회를 갖고, 벌이는 피 튀기는 경쟁은 개인의 능력과 성과를 뽐내는 도구라는 절대불변의 믿음을 가졌습니다.

앞서 능력주의는 '일에 대한 보상'으로 사회 곳곳에 자리 잡았다고 했지요. 학교도 별반 다를 바가 없는데, 능력주의 앞에 '시험'이 붙습니다. '시험능력주의'는 시험을 통해 얻은 성적이 중시되고, 마치 그 사람의 본질인 양 인식합니다. 여러분도 알다시피 다양한 프로그램을 자랑하는 특목고, 자사고, 자공고 선발 기준은 성적이지요. 인문계 고교도 입시 결과를 높이기 위해 특별반을 만들어 운영하는데 반에 들어가는 기준은 무엇보다 성적입니다. 모두에게 공정한 시험을 통해 능력을 입증하는 기회를 얻게 된다지만, 사실 시험이 모두에게 '공정'한지 의문이 들기도 합니다.

여러분도 양극화 심화를 매체에서 많이 들어 잘 알고 있지요? 한쪽에선 개인의 자질과 의지에 따라 동등한 기회가 있다고 소리치지만 2025년 현재, 부와 학벌이 세습되는 교육 불평등 현상을 외면할 수만은 없는 사실입니다.

우리 사회는 학업을 성실하게 수행하지 못한 스스로를 탓해야지, 사회 구조를 문제 삼는 오류를 범하지 말라고 합니다. '남들이 책과 씨름하며 공부할 때 안 한 네 잘못이고, 시험이라는 정정당당한 결과를 수긍하라'고 덧붙입니다. 하지만 개인의 부단한 노력의 부재를 모두 '네 탓'이라고 외칠 수만은 없습니다.

언젠가 학생들과 이 사안을 토론하니, 더 많이 공부한 학생이 고생도 했고, 뛰어난 능력이 있다. 그러니 대가가 커야 하고, 그렇지 않은 학생과 차등을 두는 것은 당연하다고 설명하더군요. 수월성 교육이 엘리트를 육성하는 장점이 있으니까요.

그렇게 실력 양성이 중요하다면, 앞으로 부족한 부분을 채울 필요가 있으니 영어, 수학은 우열반을 만드는 게 어떠냐고 물었어요. 성적에 따라 상중하로 반을 나눈 뒤, 매번 시험을 치는 경쟁을 도입해서 실력이 향상된 친구는 올라가고, 약한 친구는 하반에서 보완하자고요. 괜찮은 생각 아닌가요? 친구들 공부하는 모습에 영향을 받아 동기 부여도 되고, 등급도 올릴 수 있는 절호의 기회가 될 수 있을 테니까요. 제 제안에 학생들은 손사래를 치며 거부하더군요.

# 모두가 능력자가 될 수는 없다

사실 우리는 '성과에 대한 보상인 능력주의를 인정'하면서도 '능력으로만 인정받을 수 없다'는 점을 알고 있습니다. 『나와 시험능력주의』글쓴이는 코로나19 당시, 한 시민단체가 직장인들에게 '코로나19 시대에 가장 필요한 것'을 '해고 금지 조치'라고 답한 사람이 10명 중 8명이었다고 합니다. 성과주의에 따르면 기업은 실적을 내지 못하는 직원을 해고하고, 밀려나게 하는 건 당연한 일인데. 왜 해고 금지를 말한 걸까요? 사람들은 일부분 인정하고 있습니다. '능력이 중요하고 성과를 내놓음으로써 평가를 받고 성적에 따라 보상을 더 많이 받는 게 공정하다고 하지만, 모두가 능력자가 될 수 없다'는 것을 말이지요.

성과주의는 경쟁을 부추기고, 열패감을 얻게 합니다. 청소년기부터 생존에서 살아남아야 승리한다고 형성된 가치관은 삶의 방식을 극단으로 몰아갑니다. 상위 집단에 속했다가 쓸모없는 존재로 낙인찍힐 수 없어 일에 매진하지만, 언제나 앞설 수 없습니다. 열심히 일해도 받는 대가가 적고, 일자리는 줄어듭니다. 악화된 상황은 나를 채찍질하는 방법으로 나타나 과도한 스펙 쌓기에 골몰합니다.

고등학교까지 사교육 받은 것도 모자라 대학에 와서 취업을 위해 적지 않은 금액을 투자합니다. 공모전에 도전하고, 관련 자격증을 땁니다. 어학 성적과 대외 활동까지 채워 회사에 지원하지만, 서류 전형에서 떨어지니 공연히 스펙 부족을 탓합니다. 회사는 기업과 직무에 적합한 인재를 원하는데 생산성이 낮은 과잉 스펙만 늘어납니다.

그러나 시험에서 승리해 '그 앞에 있는 누구보다, 좀 더 비싼 나'로 만들겠다는 욕망은 인공지능과 로봇 기술의 시대에도 유효할까요? 견고한 학력 신화는 살아남겠지만 대학 이름이 적힌 졸업장만으로 좋은 직장에 취직하거나 평생 소득을 보장받을 가능성이 낮아질 거라고 예측합니다.

## 자기 내면의 동기와 협력

그렇다면 우리는 머지않아 다가올 변화를 어떻게 맞이해야 할까요?

사회가 요구하고 평가하는 능력과 정체성은 시대에 따라 달라지니 그 흐름을 읽고 준비해야 합니다. 『나와 시험능력주의』에 소개된 일본의 컨설턴트 야마구치 슈와 구노스키 겐은 지금 시대에 맞는 능력을 감각과 연결합니다. 과거, 자격증이나 시험의 수치화되는 기술을 익히는 일이 능력이라 했지만, 지금은 이 기술을 넘어서는 감각으로 감수성과 통찰력을 꼽습니다.

즉, 타인의 내면을 이해하는 감수성과 관계를 들여다보는 통찰력 말이지요. 『나와 시험능력주의』 글쓴이는 두 가지를 결합해 전략을 세워 각기 다른 주장을 중재하는 능력을 강조합니다. 이 뿐만 아니라, 자신의 서사를 만들거나, 타인의 감정을 읽고 장단점을 알아 수행하는 능력이 새 시대에 필요하다고 합니다.

공부와 너무 무관한 능력 아니냐고요? 사실 인간이 오래전부터 자신과 상대를 보듬고 사는 방법인데, 이게 바로 미래 시대에 관계를 유지하고 도태되지 않는 생존법입니다.

물론, 무작정 타인과 교류를 통해 삶을 꾸려간다고 감각이 저절로 생기지는 않습니다. 글쓴이는 우선, '자기 내면의 동기'를 말합니다. 부모님과 선생님 및 어른들이 방향을 안내해 주는 건 좋지만, 삶의 주체자는 나이기 때문입니다. 주변의 권유와 기대, 사회에서 인정받는 여러 조건은 명백히 말해 나의 것이 아닙니다. 스스로에게 '왜 하는가?'를 끊임없이 물어 궁극적인 목적이 수단으로 변질되지 않게 나 혼자만의 목표와 기준을 갖는 내면 동기를 확인해야 합니다.

저 역시 어릴 때는 이런 말들아 탁상공론 같았습니다. 무엇을 해야 할지 모르겠고, 정답도 없이 좌충우돌하는데 자기를 알라고 하니까요. 그래서 학생들에게 이렇게 덧붙입니다.

"나이, 50, 지천명이 되어도 고민하는 게 진로야. 친구에게 물어 찾을 수도 있지만 결국 선택과 결정은 자기가 해야 해. 나에 대한 깊이 있는 고민이 더 나은 삶을 만드는 원동력이 될 테니 끝까지 부딪혀봐."

남 보기에 좋은 직업, 부모님이 자랑하는 진로가 아닌, 내 관심사부터 경험해 보세요. 그래야 나만의 서사가 만들어집니다. 여기서 나만의 서사는 나만 중요한 서사가 아닙니다. 앞으로는 공생이 시대 가치가 되는 '함께 돌보는' 사회로 나아가야 하니까요.

나를 알기 위해 분투하다, 상대를 이해하는 폭이 넓어지는 일은 여러분이 배우는 교육과정에도 나와 있습니다. 2022 개정 교육과정 핵심 가치는 포용, 공존, 주도성입니다. 차이와 다양성에 대한 상호 이해와 존중을 바탕으로 갈등을 극복하는 포용, 지속 가능한 미래 삶을 위해 존중과 배려, 실천을 강조하는 공존입니다. 그리고 학습자가 진로를 선택해 개척하고 상호 소통하며 더 나은 공동체와 세계를 만들어가는 주도성입니다. 이 세 가지 항목이 21세기 핵심 화두입니다.

## 다양성 시대에 필요한 사회적 기술

2024년 한국은행은 '입시경쟁 과열로 인한 사회문제와 대응방안'이라는 보고서를 통해 지역 균형 전형, 기회 균등 전형으로 입학한 서울대생의 학업 성과가 다른 학생과 대등하다는 분석을 내놓았습니다. 교육 기회 불평등으로 소득 계층과 거주 지역에 따른 상위권대 진학률 차이를 해소하고자 만든 전형에서 학생간 격차가 크지 않았다고 합니다.

이에 따라 보고서는 서울대 '지역별 비례선발제'를 제안하며 하버드대 교수 앨런이 했던 말인 '인재는 어디서나 존재한다'를 인용합니다. 대학이 다양한 사회 경제적 배경을 가진 학생들로 구성되면 역량 발전을 촉진하고 사회적 결속을 다질 수 있다고 합니다.

어디 그뿐일까요? 생태학자 최재천도 "다양한 생태계가 건강하다."라고 합니다. 서식지에 생물이 두세 종만 독점하면 위험한 일이 생기는 데 다양한 생물이 함께 사는 생태계는 큰일이 생겨도 금방 이전으로 돌아갈 수 있다고 합니다. 주변 동식물이 이주해 옆 서식지가 빠르게 회복된다는 것이지요. 현생 인류인 사피엔스도 크게 다르지 않습니다. 다양한 사회 구성원이 필요합니다. 오랜 시간 동안 능력에 따라 한 줄로 세우는 사회는, 줄 선 사람이 줄 밖에 있는 사람을 못 들어오게 밀어내느라 바빴지만 이제는 개인 능력이 아닌, 주변과 함께 살아가는 능력을 고심하며 다양성을 만들어가야 합니다.

기업에서도 목소리를 높입니다. 인공지능 서비스를 개발하는 일본 정보기술기업 후지쯔는 모두가 '무한경쟁'을 부르짖을 때, 감수성, 통찰, 공감을 외칩니다. 후지쯔가 웹사이트에 올린 인공지능 시대 생존 기술을 보면 미래 사회에 생존하려면 창의력과 '사회적 기술'을 갖춰야 한다고 합니다. 사회적 기술은 공통의 목표를 이루기 위해 다른 사람과 협업하는 기술, 협력을 통해 해법을 찾아가고 목표를 달성하는 능력입니다.

다시 말해, 인공 지능 시대에는 소셜 미디어 같은 기술을 활용해 다른 사람들과 상호작용하며 서로가 잠재력과 창의성을 키우는 자극을 주고받아야 살아남을 수 있습니다.

지금, 여러분은 사회적 기술을 쌓고 있나요? 능력주의 시대가 가고, 협력과 공감이 아젠다가 되는 사회를 기다려 봅니다.

**공감**을 위한 **질문**

**Q1**  『나와 시험능력주의』에서는 인공지능 전문가들이 인공지능 시대
에 불평등이 더 야기될 가능성이 있어서 기본 소득을 주장합니
다. 노력과 능력만으로는 계층의 사다리를 올라가는 것이 불가능
한 시대가 됐기 때문에 최소한으로 먹고사는 데 지장이 없게 하는
'시민배당(기본소득)'을 주장합니다. 여러분은 이에 동의하나요, 동
의하지 않나요? 그 이유도 이야기해 주세요.

> **가이드** '기본소득(지역별로 청년과 농민에게 재산과 노동의 유무와 상관없이, 국민 모두에
> 게 조건 없이 빈곤선 이상으로 이상으로 살기에 충분한 월간 생계비를 지급)'의 개
> 념을 알고 접근해 보세요.

**Q2**  글쓴이는 많이 배웠다고 해서 특별히 더 도덕적이거나, 사회 전체
의 이익을 더 많이 생각하는 이타적인 사람이라고 믿을 보장이 없
다고 합니다. 학력과 비례하지 않다는 것이지요. 그래서 정치인들
에게 필요한 자질은 학력보다는 시민으로서의 태도와 공동의 가치
에 대한 생각이라고 하는데, 여러분은 이 이 의견에 대해 어떻게 생
각하나요?

> **가이드** 학급이나 여러 단체에서 선거로 임원을 선출한 경험을 생각해 보세요.

**Q3**  여러분이 친구들과 배려, 나눔, 협력, 갈등 관리를 실천한 사례를 들
어, 그 과정을 통해 배우고 느낀 점을 이야기해 주세요.

> **가이드** 봉사활동한 경험이나 학급에서 행사를 준비하며 겪었던 일을 떠올려
> 도 좋습니다.

# 능력주의는 공정한가?

_ **이승찬**(한가람중학교 3학년)

글쓴이는 '우리 사회가 공정한가?'에 대해 의문을 가지고 있습니다. '오직 능력만으로 사람을 구분하는 것은 옳은가?', '능력을 키울 수 있는 여건은 공정하게 주어지는가?'라는 질문을 통해 능력주의에 의문을 던집니다.

능력주의의 모순은 한국 사회에서도 큰 영향을 미치고 있습니다. 우리가 사는 지금 이 시대에 신분제도는 사라졌지만 보이지 않는 신분과 계급이 사람들을 가로막고 있습니다. 특히 교육 부분이 심해지고 있습니다. '좋은 성적을 받고 좋은 대학에 가서 돈을 벌어 행복하게 산다'라는 인식이 우리 사회에 뿌리 깊이 박혀 있습니다. 그래서 모든 학생이 내신, 수능 성적에 매달리고, 사교육이 번창하고 있습니다.

시간이 지날수록 사교육의 품질과 가격이 올라가면서 교육의 불평등이 생기기 시작했습니다. 예를 들어, 학교 교육 과정을 이해하지 못하더라도 학원 교육으로 좋은 성적을 내는 학생들이 있습니다. 이렇게 학업에 투자하는 돈에 따라 스스로의 능력이 바뀌는 현상이 일어나고 있습니다.

저 또한 학교에서 이런 능력주의의 부정적인 면을 경험한 적이 있습니다. 시험이 끝난 후 아이들끼리 자연스럽게 성적으로 서열을 나눕니다. 높은 점수로 학생들의 부러움을 받는 학생도 있습니다. 그중에는 열심히 공부해 고득점을 맞은 학생도 있지만, 고액의 학원, 과외를 통해 고득점을 달성한 학생도 있습니다. 열심히 자는 시간까지 줄여가는 모범생 친구와 시험치기 1주일 전에만 학원에서 공부하는 친구가 있습니다. 일반적으로 전자인 모범생 친구의 성적이 더 높다고 생각하겠지만 후자인 친구의 성적이 높았습니다. 이를 통해 시간과 노력보다 좋은 인맥과 자산이 능력주의인 사회에서 유리함을 느끼게 됩니다.

　결국, 이러한 서열 문화는 어른들의 사회까지 이어지며 모두가 고득점자가 되려 합니다. 즉 사회에서 고득점자가 되는 과정과 노력이 사람들의 자산, 인맥, 인지도에 따라 결정되어 버리는 문제입니다. 자신의 능력을 마음껏 펼칠 기회가 고르지 않습니다. 능력주의란 개개인의 능력만을 평가하여 우수한 인재를 외부환경에 크게 상관없이 변별해내는 것이 본질이지만 현재 한국에서는 능력주의에 맞춰 짜여진 또 다른 계급사회가 형성돼 서로가 편을 가르고 있습니다. 소년기부터 이런 환경에 노출되고 적응해야만 하는 이 사회를 보고 미래 능력주의는 어떤 이미지를 갖게 될지 모를 일입니다.

　과연 능력주의는 자신의 정의를 지키며 존재하는 것인지, 아니면 모순된 부정적 사회를 감싸는 것으로 변질될 것인지 관심을 더욱 가져야 할 때입니다.

# 인공지능 시대에도 학교에 가야 하나요?

|   | 문 | 명 | 은 |   | 생 | 태 | 적 |   | 지 | 능 | 과 |
|---|---|---|---|---|---|---|---|---|---|---|---|
| 사 | 회 | 적 |   | 지 | 능 | 이 |   | 어 | 우 | 러 | 져 |
| 지 | 식 |   | 전 | 승 | 이 |   | 이 | 루 | 어 | 졌 | 습 |
| 니 | 다 | . |   | 미 | 래 | 에 | 도 |   | 공 | 동 | 체 | 를 |
| 위 | 해 |   | 마 | 음 | 을 |   | 쓰 | 고 |   | 보 | 살 |
| 피 | 는 |   | 연 | 대 | 가 |   | 있 | 어 | 야 |   | 합 |
| 니 | 다 | . |   |   |   |   |   |   |   |   |   |
|   |   |   |   |   |   |   |   | _ | 이 | 유 | 미 |

『다정한 인공지능을 만나다』
장대익 지음 / 샘터

장대익 교수는 인간이 지난 천만년 동안 지구에서 유일하게 문명을 이룩한
종이 된 이유는 바로 '다정함'에 있다고 말한다. 그리고 그 다정함은 앞으로
우리와 함께 살아갈 존재이자 새로운 종인 인공지능에게도 생길 수 있는
능력이며, 그들과 공존할 미래에 우리가 더 배우고 키워야 할 힘이라고 강
조한다.

가까운 미래 사회에 우리가 누구와 함께 살아갈 거라고 생각하나요? 이 책의 글쓴이인 진화학자 장대익은 당분간 우리 같은 순수 현생인류인 사피엔스가 대다수지만, 50년~100년 뒤에는 AI 로봇이 즐비할 거라고 합니다. 심지어 유전적으로 강화된 사피엔스, 생물과 기계장치가 결합한 사이보그, 인간을 닮은 안드로이드 로봇이 지구에 살 거라고 말합니다.

얼마 전 궁금한 마음에 미래 사회 독서 수업에서 학생들에게 물었어요.

"당장 위 구성원 중 하나를 선택한다면 어떤 존재로 살고 싶은가요?"

처음 생각해 봤는지 학생들이 고심하길래, 미래학자들은 인간과 기계의 경계가 흐려지고, 순수 사피엔스는 소수가 될 것을 예견한다고 덧붙였습니다.

그랬더니 중학생들은 대체로 유전적 강화된 사피엔스와 사이보그를 선택했습니다. 이유를 물으니 유전자를 조작하거나 사이보그가 되면 강력한 능력이 생기니 공부가 더 손쉬울 것 같다고 답하더라고요. 이와 달리 순수 사피엔스로 남겠다는 친구는 그 이유로 부작용 염려와 순수 인간이 아니면 본래의 내가 아니라 싫다고 말하더군요.

과학기술이 인간 신체와 융합돼 나타나는 신인류인 트랜스휴먼을 상상하면 어떤 기분이 드나요? 생성형 인공지능 챗GPT를 칩 형태로 뇌에 꽂거나 몸에 장착하는 시대가 온다니 복잡한 마음이 앞서나요? 저 조차 이런 예측 불가능한 미래를 떠올리면 당장 무엇을 배워야 하나 조급한데, 아직 진로를 정하지 못한 중학생은 얼마나 마음이 답답할지요.

2025년, 인공지능이 우리 삶에 커다란 축으로 들어와 영향을 끼치니 반세기 전에는 생각지 못했던 문제들이 계속 등장합니다. 검색창에 '미래 사회를 맞이하는 청소년'을 넣으면 온통 사회에 사라질 직업에 대한 우려만 듭니다. 인공지능이 대체해 없어질 테니 경쟁력 있는 직업을 택하라는 건데, 대안 없이 겁만 주는 것 같기도 합니다.

음악, 미술, 글쓰기 등 다양한 분야까지 그럴듯한 결과물을 만드니 앞으로 인간은 무엇을 해야 하나 골머리를 앓고, 디자이너를 꿈꾸는 학생은 인공지능 일러스트로 일자리가 줄어들 것을 걱정합니다. 현재 기업에서 인공지능은 사원의 업무 성과를 추적해 생산성 미달이면 경고, 또는 해고 여부를 결정합니다. 또 물류와 기술, 제약, 미디어 업종은 점차 실업 규모가 늘고 있어 전망이 밝지 않습니다.

인간과 인공지능이 공존하는 시대, 우리는 무엇을 준비해야 할까요?『다정한 인공지능을 만나다』글쓴이 장대익은 인간의 본성과 기술 진화를 연구하고 있습니다. 글쓴이는 인공지능을 맞이하는 우리에게 몇 가지 열쇠를 던지며 미래를 살피기 위해 문명의 발상부터 돌아보라고 합니다.

# 협력하는 뇌가 인류 문명을 발전시켰다

장대익 교수는 인류가 '영장류의 계보에서 침팬지와 약 600만 년 전에 공통 조상에서 갈라져 나와 문명을 만든 이유'를 찾으라고 합니다. 인간은 침팬지에 비해 더 큰 뇌 용량을 지니고 자연 세계를 이해, 활용하는 지적 능력인 '생태적 지능'을 갖고 있습니다.

여기서 이런 질문이 생기지 않나요?. "왜 인간만 더 큰 뇌 용량을 갖게 되었지?" 이에 대해 학자들은 인간의 집단생활 과정을 진화의 결과가 아닐지 추측합니다. 혼자 지내는 것보다 먹이를 구하고, 침입자를 피하고자 누군가와 함께한 생활이 생존에 더 유리했을 거라고 봅니다.

뇌과학자들과 영장류학자는 이 문제를 알고 싶어 영장류인 원숭이, 침팬지, 인간을 대상으로 뇌의 용량과 무리의 크기를 비교했습니다. 대뇌 바깥층의 신피질은 운동 명령, 오감 인지, 공간 추론, 언어 같은 고도의 정신작용을 맡는데, 종의 집단 크기가 클수록 신피질이 두껍다는 사실을 알게 되었습니다.

글쓴이에 따르면 인간 집단의 크기가 커져 발생하는 문제를 뇌가 해결하는데, 이 과정에서 타인의 마음을 읽고 의도를 파악하는 협력이 뇌 용량을 키웠다고 설명합니다. 지식만이 인간 사회를 더 번창하게 만든다고 생각했는데 집단을 이루는 협력이 뇌를 더 크게 만들었다고 합니다. 학생들이 반복해 외우는 영어 단어나 수학 문제 풀이 같은 활동뿐 아니라, 타인과 부딪히거나 의기투합하는 과정에서 뇌가 발달해 인류가 문명을 유지했다고 합니다.

그저 침팬지처럼 생존에 유리한 행동을 읽은 것이 아니라, 상대가 어떤 믿음을 갖고 생각하는지 추론하는 '마음 읽기 능력'으로 사회성을 길렀습니다. 다른 사람의 의도를 간파하고, 고통을 함께하려는 능력인 '사회적 지능'은 행동 변화의 근거가 되었습니다. 즉, 더 나은 사회를 바라는 열망은 태고부터 인공지능 시대에도 지속될 것입니다. 혁신 기술이 사회를 개선할지언정, 공감의 이름으로 모두의 세상을 향한 움직임이 동반될 때 진일보할 수 있습니다.

## 관계 맺기 의지 없음

서울시가 발표한 '23 아동 종합 실태조사'에 따르면 팬데믹 종식 이후 어린이와 청소년의 행복도가 높아져 우울, 불안감은 잠잠해졌지만, 주중 방과 후 친구들과 노는 시간은 회복되지 못했다고 합니다. 팬데믹 전에는 6.37 시간을 놀았으나, 현재는 3.17 시간으로 실내·외에서 뛰어다니는 시간보다 TV 시청과 스마트폰, 게임 시간은 주중 5.86 시간이 길어졌습니다.

부정적 감정이 줄고 양육자, 선생님과 관계 개선이 다행이면서도 아동이 미디어 이용 시간이 늘어난 것은 생각할 문제입니다. 왜 학생들은 놀이터, 공원에서 뛰노는 신체 활동을 원하면서도 친구들과 놀지 않는 걸까요? 학업과 같은 여러 요인이 있겠지만 굳이 친구가 없어도 스마트폰을 이용해 OTT, 게임, 유튜브, SNS 등 지루할 틈 없이 혼자 놀거리가 많아졌기 때문이겠지요.

팬데믹 이후 이렇게 '혼자 노는 학생' 증가를 보면 걱정이 앞섭니다. 혼자가 익숙해 나와 다른 존재가 혹여 이질적으로 느껴지지는 않을까 하는 우려 때문입니다. 원래 '놀이'는 재미와 즐거움을 위해 행하는 모든 활동이지만 '여러 사람이 모여서 즐겁게 놂'이라는 뜻도 갖고 있습니다. 여럿이 신나게 놀다 다툼과 언쟁으로 곤란한 일이 생기거나 반대로 동일한 목표를 이루려 힘 모으기도 마다하지 않습니다. 서로 보상이 다를 때는 나보다 낮은 보상을 받은 친구에게 미안함을 느껴 적게 받은 사람에게 인류 진화의 비결로 일컫는 배려도 합니다.

하지만 요사이 적지 않은 학생들이 '관계 맺기'에 불편함을 느끼는 것 같습니다. 한 예로, 학교에서 같은 반이지만 학교 밖에서 보면 모르는 체하고 지나치는 아이들이 많다는 걸 수업 중에 우연히 알게 되었습니다. 그래서 "한 공간에서 함께 수업받는데 인사라도 하는 건 어때?"라고 물으니, 노는 무리가 달라서 싫다는 답이 돌아왔습니다. 학생들은 나와 다른 무리가 아니면 같은 반일지라도, 나와 무관한 사람 혹은 배제의 대상으로 인식하는 것입니다.

모두와 친하게 지낼 필요는 없고, 성향과 관심사가 다른 친구와 일부러 어울리는 게 옳다고 볼 수 없습니다. 다만, 타인을 대하는 폐쇄적인 태도는 인류가 문명을 축적할 수 있었던 능력인 의도 파악, 타인의 고통을 느끼는 사회적 지능에 반하는 행동으로 '관계'의 어려움을 증폭시킬 뿐입니다. 여기서 우리는 관계의 어려움이 '다름' 때문이 아니라, '관계를 맺으려는 의지 없음'이라는 걸 알 수 있습니다. 관심 없는 친구의 마음을 읽을 필요는 없으니까요.

## 추론을 통한 공감, 역지사지

인간은 다른 개체의 믿음과 욕구에 의해 개체가 행동하는 걸 아는 '마음 읽기'를 할 수 있습니다. 하지만 사회생활에서 중요한 '타인의 마음 읽기'가 특정 청소년에게 두드러지지 않는다는 것이 문제입니다. 상대의 마음을 이해하고, 도움을 주려는 마음을 갖는 능력인 인지적 공감이 어느 때보다 더 필요한 시점입니다.

언젠가 버스를 탔다가 중학생 무리의 대화를 듣고 놀랐습니다. A 학생이 "학원 숙제가 너무 많아 못했어. 10장을 어떻게 한 번에 풀 수 있어?"라고 토로하자, 자못 훈계조로, B 학생이 "왜 못해? 난 했는데."라고 이해할 수 없다는 투로 답했습니다. A 학생은 할 말을 잃고, 대꾸하지 않더라고요. 친구가 면박을 주었으니까요. 저는 속으로 힘들어 위로받고 싶은데, 팩트 폭격을 하나 싶었어요. 어쩌면 거짓으로 편을 들기보다, 호통치는 게 친구를 위하는 일이라 여겼을 수도 있지만, 공감해줘도 되지 않을까요?

영장류 중 오직 인간만이 '내가 어렵지는 않지만, 상대 입장이 된다면 굉장히 힘들 것 같다.'는 추론을 통한 공감인 '역지사지'를 떠올린다고 합니다. 친구가 고민이나 걱정을 털어놓으면, "괜찮아."라고 답해주세요. 타인의 고통을 헤아릴 때 묵직한 해결책을 주지 않아도 됩니다. 그저 들어주세요. 친구는 수직적 관계로 평가하는 대상은 아니니까요.

## 인공지능 시대에 학교 가야 하는 이유

30년 전만 해도 21세기에 학습은 원격으로 하고, 예체능 활동만 학교에서 할 것으로 예측했습니다. 그러나 학생들은 지금도 학교에 다니고 있습니다. 아마 지구가 멸망하기 전까지 학교는 사라지지 않을 것 같습니다. 한때 학교는 19세기에 만들어진 공간에서 20세기 교사들이 21세기 아이들을 가르친다며 다소 낙후되고, 고루한 시스템으로 치부되었습니다. 하지만 몇 년 전 팬데믹이 전 세계에 휘몰아친 후, 시민들은 학교의 기능을 다시 한번 상기했습니다. 교육 관계자들은 기초학력 문제를 제기했지만, 우리에게 피부로 와닿는 문제는 다름 아닌, '관계 맺기'였습니다.

글쓴이는 학교에 가야 하는 이유를 '친구들하고 놀기 위해서'라고 답합니다. 그에 따르면 학교에서는 다툼과 화해도 빈번하게 일어나고, 뛰어난 학생에게 열등감을, 부족한 친구에게 우월감을 느끼는 복잡한 감정을 경험합니다. 또 놀이로 친구를 사귀며 관계에 필요한 다양하고 상세한 스킬을 배우는데, 이 부분이 취약하면 아이들이 커가며 마음의 문제가 생길 수 있다고 합니다. 미국 연쇄 살인범들을 조사하니 어릴 때 친구와 놀았던 적이 없다는 공통점이 있었다는 연구도 있습니다. 너무 확대 해석한 걸까요?

그런데 따져 보면 친구와 공기놀이하더라도, 순서를 정하고, 예측 불가 상황에서 규칙을 변경할 때 설득과 동의가 필요합니다. 혹 누군가 부당하다고 문제를 제기해, 수긍하면 재경기를 치르지요. '친구와 놀기'는 시간 낭비가 아니라 관계 학습의 장입니다. 부족함을 들켜도, 뒤엉켜 놀면 감싸주는 친구 덕에 고마움을 느끼고, 불편한 상황에 고집을 부리는 감정적 대응이 무리에서 좋지 않다는 걸 깨닫기도 하지요. 감정 조절과 의사 표현은 서툴지만 또래와 놀이를 통해 협력을 알아갑니다. 혼자가 아니라, 친구와 놀아서 관계의 방향을 일정하게 유지합니다.

## 독서를 통해 향상되는 인지적 공감

그럼 인공지능 시대에 필요한 사회적 지능을 쌓기 위해 '관계 맺기 훈련'과 또 무엇을 해야 할까요? 진화학자 장대익의 답은

'독서'입니다. 『다정한 인공지능을 만나다』에 따르면 참가자들에게 소설을 9일 동안 매일 읽히고, 뇌를 관찰했더니 글을 이해하는 공감 관련 뇌 영역인 좌각회/연상회와, 사회적 정서 반응 및 기억력을 관장하는 내측 전전두피질 연결이 강해졌다고 합니다.

내가 아닌 타인의 생각, 감정, 지식을 타인의 관점에서 이해하는 능력이 향상된 것으로, 독서를 통해 인지적 공감력이 좋아졌다고 볼 수 있습니다. 즉, 책을 읽고 나서 피질과 후두엽 연결 강도가 강해져 마치 책 속 주인공이 행동한 것 같은 활동 상황이 뇌 속에서 일어났다고 합니다. 한 실험에 따르면 연구자가 책상 위에 볼펜 통을 떨어뜨리면 참가자들이 얼마나 바닥에 떨어진 펜 줍는 걸 도와주는지 관찰하니 인물에 공감을 잘한 사람일수록 더 잘 도와준다는 결과를 밝히기도 했습니다.

24년에 EBS에서 방영한 다큐멘터리 〈독자생존〉 '공감의 열쇠' 편에 나온 실험도 이와 비슷했습니다. 초등학교 6학년 한 학급 학생을 대상으로 외로운 사자 이야기를 함께 읽으며 등장인물의 관점에서 보는 연습을 했습니다. 이후, 공감 능력 비교 실험에서 자신의 관점에서만 본 비교집단과 다르게, 상대 관점에서 보려는 학생이 많았습니다. 5주라는 짧은 시간이지만, 책을 읽고 공감 능력이 자랄 수 있음을 보여주는 또 하나의 사례입니다.

# 연대가 필요하다

인공지능 시대는 종전보다 변화무쌍한 인간 사회에 이해가 필요해 공감력을 길러야 합니다. 문명은 생태적 지능을 토대로 사회적 지능이 어우러져 지식 전승이 이루어졌습니다. 결코 지식만으로 형성되지 않은, 문명은 미래에도 공동체를 위해 마음을 쓰고 보살피는 연대가 있어야 합니다.

생성형 인공지능 발전과 같은 혁신은 우리 본연의 기질을 공동체에 융화되게 만들지는 못합니다. 기술 양극화를 막고 정보 격차를 줄이기 위해 타인을 가르치고 도우며 독서하는 일상이 요구됩니다.

그러면 어떻게 삶에서 실천할 수 있을까요? 문학작품을 읽고, 인물을 관찰한 뒤 친구들이나 지인들과 이야기해 보세요. 방법을 몇 가지 덧붙이면, 우선, 인물의 캐릭터를 건조하게 '이상한 인간'이라고 보지 말고, '왜 그런' 행동을 하는지 살펴 주변과 어떤 관계를 형성하는지 토론해 보십시오. 정답은 없어요. 당최 왜 이렇게 말도 안 되는 일을 벌이고, 상황을 악화시켜 파국으로 가는지 의아하지만 꾹 참고 읽은 뒤 친구들 목소리를 하나하나 경청해 보세요. 독서토론은 우월함을 뽐내는 장이 아니니, 나와 친구의 의견이 반대라 무가치하다고 판단하는 잘못을 주의해요. 친구와의 다른 해석이나 의견은 '우리 인간은 각기 다르지만 부대끼며 공존할 수

밖에 없는 존재'라는 빛나는 통찰을 줄 것입니다.

친구들 말 속에 내가 지금껏 생각지 못하고 겪지 못한 삶이 펼쳐진다면, 글쓴이가 앞에서 언급한 친절, 공감, 배려, 협력을 간접 경험하며 체득할 수 있습니다. 다정함은 인공지능 시대에도 우리를 구원하게 될 테니까요.

### 🦫 공감을 위한 질문

**Q1** 글쓴이는 '인공지능 시대에도 놀기 위해서 학교에 가야 된다.'라고 말합니다. 여러분은 학교에서 친구들과 어떤 놀이를 하고 싶나요? 놀이 수업 시간이 있다고 가정하고, 친구와 하고 싶은 놀이를 이야기해 주세요.(단, 스마트폰이나 컴퓨터 게임은 등 디지털 기기를 이용한 놀이는 안 됩니다.)

> **가이드** 체육 활동 수업이 아니니, 운동 대신 여러분이 알고 있는, 말과 행동이 친구들과 어우러진 놀이를 떠올려보세요. 전통 놀이를 소개해도 좋습니다.

**Q2** 세계 최고의 SF 작가인 테드 창은 인간 같은 인공지능을 만드는 것이 과연 "인간에게 가치 있는 일인가?", "인공지능이 10초마다 아름다운 그림을 만든다고, 인간이 10초마다 심오한 감동을 느낄 수 있냐?"라고 묻습니다. 또, 학생이 글쓰기 숙제를 인공지능에 의존해 글을 썼다면 이야기의 독특함이 중요한 게 아니라 '스스로가 사고해 그 글을 썼다는 게 독창적이다'라고 답합니다. 테드 창이 주는 시사점에 대해 이야기 나누어 보세요.

> **가이드** Chat GPT 등 AI를 사용해 과제나 자료를 찾았을 때와 그렇지 않았을 때의 경험을 떠올리며 어떤 상황에서 사고력을 더 많이 발휘했는지 비교해 보세요.

**Q3** 본문에서 설명한 반도체 기업 최고경영자 짐 켈러는 막상 인공지능과 거의 대화하거나 비디오 게임조차 하지 않고, 책을 읽는다고 합니다. 그리고 다음 세대는 읽고, 쓰고, 생각하는 예술 활동과 기초 과학을 가르쳐야 한다고 주장합니다. 인공지능을 원활하게 사용할 거라는 기대와 다르게 IT 종사자들이 독서를 강조했다고 하는데, 그 이유는 무엇일까요?

> **가이드** 인공지능을 연구하고 개발하는 실리콘밸리의 가정과 학교에서는 IT 기기가 없다고 합니다. 하루종일 IT기기 없이 산다면 여러분이 어떤 생활을 할지, 독서와 예술 활동을 할 때 이점을 생각해 보세요.

# 인공지능 시대에도 학교에 가는 이유

_ **김동준**(한가람중학교 3학년)

　최근 인공지능 기술이 빠르게 발전하면서 우리의 일상생활이 크게 변화하고 있습니다. 인공지능이 삶의 일을 대신하는 시대가 다가오며 우리는, "학교에 가는 것이 여전히 중요할까?"라는 의문이 듭니다. 많은 사람이 인공지능이 학습을 더 쉽고 효율적으로 만들어 줄 수 있다고 생각하지만, 학교가 단순히 공부만 하는 곳은 아닙니다.

　먼저 인공지능 시대에 학교가 꼭 필요하지 않은 이유를 살펴보면 첫째, 인공지능은 학생들에게 맞춤형 학습을 제공할 수 있습니다. 인공지능은 학생들의 실력을 분석해 약한 부분을 보완할 수 있는 학습 자료를 추천해 줍니다. 예를 들어, 수학 문제를 풀다가 틀린 경우 인공지능이 그 이유를 분석하고, 적절한 추가 문제를 제공합니다. 또한 인터넷 강의와 같은 온라인 학습 시스템이 발전하면서 집에서도 쉽게 공부할 수 있는 환경이 마련되고 있습니다. 이러한 기술들은 학교에 가지 않고도 충분히 학습할 수 있는 가능성을 보여줍니다.

　그러나 인공지능 시대에 학교가 필요한 이유는 앞서 말했던 것처럼 학교가 단순하게 공부만 하는 곳은 아니기 때문입니다. 예를 들어 학교에서 친구들과 어울리며 협동심과 사회성을 기르는 것입니다.

인공지능 학습은 효율적일 수 있지만, 사람들과 소통 능력을 키우는 데 한계가 있습니다. 학교에서는 체육 시간이나 동아리 활동을 통해 서로 협력하고 문제를 해결하는 법을 배울 수 있습니다. 그리고 이러한 경험은 미래 사회에서 살아가는 데 중요한 자산이 됩니다. 또 학교에서는 선생님이라는 중요한 존재가 있습니다. 인공지능이 아무리 똑똑하더라도 학생들을 격려하고 그들의 감정을 이해하며 지도하는 역할은 인간 선생님만이 할 수 있습니다. 선생님은 단순히 지식을 전달하는 사람이 아니라, 학생들이 올바른 가치관과 태도를 배울 수 있도록 돕는 존재이기에 인공지능이 대체할 수 없습니다.

정리하면 미래 인공지능 시대에도 학교는 여전히 중요한 역할을 할 것입니다. 학교는 단순히 지식을 배우는 곳이 아니라, 사람들과 함께 성장하고 협력하는 방법을 배우는 공간이기 때문입니다. 인공지능은 학교 교육을 더 효율적으로 만드는 데 도움은 줄 수 있지만, 인공지능이 학교를 완전히 대체하기는 어렵습니다. 따라서, 미래, 즉 인공지능 시대에도 학교는 꼭 가야 할 것입니다.

# 05

# 난민, 낯선
# 경계를 넘어

난민에 대한 따뜻한 환대는 지구 공동체로서 힘든 시기를 보내고 있을 그들, 그리고 우리 모두의 아픔을 이해하고 고통을 분담하고자 하는 마음의 표현이겠지요.

_ 위영화

『인간 섬』
장 지글러 지음 / 샘터

난민 캠프 안에서 비극이 어떤 모습을 하고 있는지, 방관과 공포는 얼마나 전략적일 수 있는지, 이 비극은 어떻게 이용되어 이익으로 치환되는지를 보여주는 책. 이 책을 통해 고통의 단면이 아닌 고통의 구조에 다가가 '난민'과 '망명권'에 대해 조금 더 상세한 마음을 가져볼 수 있다.

6월 20일은 세계 난민의 날입니다. 이날은 하루쯤 난민이 더 이상 어려움을 겪지 않도록 그들이 겪고 있는 문제들을 심사숙고 하는 중요한 의의를 지닌 날입니다. 또 난민들이 성공과 쇄신의 능력을 지니고 있다는 것을 확인하는 기념일이기도 합니다. '난민'은 주로 전쟁이나 폭력, 박해, 기후 위기로 고국을 떠나야 하는 사람들을 말합니다. 또한 이들은 고국이 다시 안전해지기 전에는 그곳으로 돌아갈 수 없지요. 난민이 된다는 것은 자신이 선택할 수 있는 문제가 아니기 때문입니다. 강제적인 선택이지요. 그들은 살기 위해 피난을 가는 방법 외에는 다른 선택지가 없습니다. 과연, 그들은 어디로 가야 할까요?

중학생 한 아이가 저에게 물었습니다. "선생님은 우리나라 난민 수용에 대해 어떻게 생각하세요?" 아이의 갑작스러운 질문에 "너는?"이라고 되물었지요. 아이는 되돌아온 질문에 머뭇거리다가 "솔직히 잘 모르겠어요. 난민을 받아들이는 것은 당연한 것 같은데 또 한 편으로는 그 사람들이 무섭기도 하고요."라고 답하며 아이는 말끝을 흐렸습니다. "선생님은요?" 아이의 질문에 저는 "당연히 수용해야지. 우리도 전쟁을 겪은 나라였고, 다른 나라의 도움을 많이 받았으니까."라는 짧은 대답을 해주었습니다. 아이는 "우리 엄마는 절대 안 된다고 했어요. 위험하다고."라는 말을 남기고 강의실 문을 나섰습니다.

# '인간 섬'이라고 불리는 레스보스섬

『인간 섬』은 장 지글러가 쓴 유럽의 난민 이야기입니다. 이 책의 저자인 장 지글러는 『왜 세계의 절반은 굶주리는가』로 세계의 부조리를 날카롭게 고발했던 프랑스의 사회학자입니다. 『인간 섬』은 장 지글러가 유엔 인권 위원회 자문위원의 자격으로 그리스의 난민 핫 스폿 레스보스섬에 방문하여 난민, 관리자, 책임자, 시민 단체 등이 만들어내는 섬의 풍경을 담고 있습니다. 난민 캠프 안에서 비극이 어떤 모습을 하고 있는지, 방관과 공포는 얼마나 전략적일 수 있는지, 이 비극은 어떻게 이용되어 이익으로 치환되는지 장 지글러가 직접 보고 들은 실상을 이 글은 자세히 기록하고 있습니다.

레스보스섬은 '인간 섬'이라고 불리기도 합니다. 작은 섬에 많은 난민이 쉴 새 없이 모여들고 있기 때문이지요. 레스보스섬은 2015년 4월에 시리아, 이라크, 아프가니스탄을 비롯하여 파키스탄, 사하라 사막 이남이 아프리카 등의 지역에서 전쟁과 고문, 국가의 파괴 등을 피해서 그리스 해안으로 접근하는 수천 명의 난민을 받아들이는 장소라는 지위를 부여받게 됩니다. 이곳의 공식 명칭은 '1차 접수 시설'이지요. 난민 및 이주민은 정식 등록이 되지 않은 이들이라 다른 나라로 이송되기 위해 접수를 기다리지만 수용 인원 초과로 인해 1차 접수부터 쉽지 않습니다. 게다가 생명을 걸고 섬으로 들어오더라도, 식수, 음식, 의복 등 기본적인 생활을 할 수 있는 구호 물품이 매우 부족합니다. 이렇게 열악한 상황임에도 레스보스섬에 들어오기 위해 난민들은 고무보트나 온갖 종류의 선박을 이용하여 해안과 이웃한 섬들로 이동하려고 목숨을 겁니다.

언젠가 각종 언론 매체를 통해 충격적인 사진 한 장이 보도되었습니다. 튀르키예의 한 해변가로 사망한 채 떠밀려온 아기의 모습이 담긴 사진이었습니다. 세 살 정도로 추정되는 아기의 모습에 마음이 너무 아팠습니다. 아기의 가족은 시리아 북부 코바니 출신인 것으로 알려졌어요. 아기의 가족은 전쟁을 피해 튀르키예의 해안을 떠나 유럽으로 가려던 시리아 난민이었습니다. 하지만 작은 보트가 뒤집혀 이 아기는 숨진 채 해변으로 떠밀려왔고 무심한 파도는 아이의 작은 몸뚱이를 적시고 있었지요. 아기의 사진은 4년째 계속되는 내전을 피해 유럽으로 탈출하는 시리아 난민들의 절박함을 극적으로 드러내 보여 주었습니다. 그리고 이 기사를 접한 세계의 모든 사람은 분노와 슬픔을 감추지 못했어요.

저자인 지글러는 '어디에 태어나는가가 인간의 미래를 좌우하는 결정적인 요인이 되어 버렸다.'라고 탄식하기도 했습니다. 하루가 멀다고 내전을 벌이는 나라에서 태어나고 싶은 사람은 없을 테니까요.

# 차이가 차별을 낳지 않는 사회를 소망하며

『안녕, 한국!』은 한국에서 난민으로 사는 사람들의 이야기가 담겨 있는 에세이입니다.

난민인권센터에서 발행한 이 책은 한국에서 직접 경험한 난민의 삶을 솔직하게 풀어내고 있지요. 출신지, 인종, 종교, 성 정체성, 나이 등에 제한을 두지 않고 한국 사회에 퍼진 난민에 대한 고정관념과 편견, 배타성을 오롯이 경험한 그들의 목소리가 담겨 있습니다.

한국에 난민으로 온 지 얼마 되지 않은 산드라는 "한국에서 난민 신청자로 산다는 건 마치 다른 행성에서 온 외계인처럼 거절당하는 일의 연속이라 참 쉽지 않아요."라고 말합니다. 한국 사람들의 차별적인 행동과 거부는 더 받아들이기 힘들고 어려웠다고 말합니다. 반면 일부 마음 좋은 한국 사람의 따뜻한 환영을 받을 때도 있었다고 합니다.

우간다에서 온 헨리의 희망은 '언젠가는 평화롭게 살 수 있는 곳을 찾을 수 있다'는 것입니다. 그는 삶의 배경이 어떻든 사회적 책임과 법을 따른다면 모든 사람이 사회에 유용한 역할을 할 수 있다고 믿고 있습니다. 그는 자신의 글을 통해 난민들이 고향을 떠나 도망쳐 와야만 했던 이유를 한국 사회가 이해하도록 돕는 기회를 만들고 싶다고 말합니다.

앞으로 한국도 난민 신청자가 계속 늘어날 것을 고려할 때, 우리 사회가 다양한 문화적 배경을 가진 난민과 어떻게 서로 이해하고 소통해야 할까요?

1948년에 제정된 세계인권선언문 제14조는 '박해 앞에서, 모든 사람은 다른 나라에서 피난처를 구하고 그곳으로 망명할 권리가 있다'고 명시하고 있습니다. 유럽연합의 모든 회원국은 1951년 7월 8일에 제정된 난민의 지위에 관한 유엔 협약에도 서명하고 이를 비준했지요. 그러나 현실에서 '난민협약'은 제대로 지켜주지 않고 있습니다. 우리나라는 1992년 '난민협약'과 '난민 의정서'에 가입했고, 2012년 아시아에서는 처음으로 독립된 난민법을 제정했습니다. 그러나 여전히 한국 사회에서 난민은 낯선 이웃으로 받아들여지고 있는 것이 사실입니다.

우리도 전쟁으로 삶의 터전을 잃고 피난을 떠날 수밖에 없었던 아픈 역사가 있습니다. 다음 내용은 한국 전쟁을 겪은 할머니를 둔 한 중학생의 이야기입니다.

"할머니가 북한의 아름다운 고향 집을 떠난 건 선택이 아니었어요. 계획한 것도 아니었고요. 오늘 집을 떠날지 어제는 알았을까요? 누구에게나 벌어질 수 있는 일이고 지금도 국경을 건너고 바다를 건너는 많은 사람들이 있습니다. 나라를 잃는다는 것이 얼마나 가슴 아픈 일인지 우리는 과거 역사를 통해 잘 알고 있습니다.

우리와 같은 아픔이 또 반복되지 않았으면 좋겠어요. 난민들은 한국 전쟁에 피난한 우리 할머니처럼 평범한 사람들이라고 생각돼요.

우리가 조금 더 관심을 갖고 더 나은 세상을 위해 난민들과 함께했으면 좋겠습니다."

_〈국제 구조 위원회〉 사이트의 인터뷰 기사 중

## 공감을 통한 세계 시민 의식 함양이 필요할 때

한국 전쟁 당시 유엔의 공식 난민 지원 기구 중 하나인 유엔 한국 재건 기구(UHKRA : 1950년~1960년) 등이 국내 난민과 피난민 보호에 나서지 않았다면 한국은 계속 존립하기 어려웠을 수도 있었겠지요. 하지만 지금의 한국은 난민 인정률이 낮습니다. 그 이유는 '단일민족'이라는 국민적 정서에 기반한 난민과 외국인에 대한 배타적 시각, 난민을 잠재적 범죄자로 매도하는 가짜 뉴스, 난민 문제에 대한 관심과 인식 부족이 크게 작용하고 있기 때문이라고 합니다. 특히 2018년 예멘 난민 사례는 우리 사회의 난민에 대한 혐오와 거부감 등 국민적 인식 수준을 그대로 보여준 좋은 본보기로 평가되고 있지요.

자신이 잘 알지 못하는 대상에 대한 두려움은 누구나 갖기 마련이지요. 하지만 새로운 대상에 대한 관심과 인식 변화 그리고 공감은 '희망'이라는 상상 그 이상의 가치를 가지고 있습니다.

이제는 난민 문제가 특정한 나라의 문제만은 아닐 것입니다.

요즘은 기후 위기로 삶의 터전을 잃은 난민이 더 많다고 기후학자들은 말합니다. 지금처럼 지구 온난화가 계속되면 2050년에는 이런 난민이 10억 명에 이를 거라는 국제이주기구$^{*}$의 전망도 있는데요. 기후 난민$^{**}$, 즉 자연재해나 기후 변화의 영향으로 생존을 위협받아 살던 곳에서 이주해야 하는 사람들이 급격하게 늘어나고 있기 때문입니다. 세계의 다양한 변화 속에서 난민 문제는 그들에 대한 수용과 불수용의 문제는 아닐 것입니다. 앞으로 전 세계가 함께 풀어가야 하는 문제로 인식이 바뀌어야 하겠지요. 그러기 위해서는 세계시민주의$^{***}$가 필요하며 각 개인을 존중하고 권리를 인정하며 서로를 이해하는 공감 능력을 높이는 것이 중요합니다. 공감은 개인이 지역사회 및 전세계적 수준에서 윤리적이고 책임감 있는 행동을 취하도록 동기를 부여합니다. 난민에 대한 따뜻한 환대는 지구 공동체로서 힘든 시기를 보내고 있을 그들 그리고 우리 모두의 아픔을 이해하고 고통을 분담하고자

---

*      제2차 세계대전 이후 피해받은 유럽 이주민들의 재정착을 돕기 위해 1951년에 설립된 정부 간 기구입니다. 오늘날 범위를 넓혀 세계적인 인간 이동성과 관련된 이주를 위한 유엔 관련 기구가 되었고, 정기적이고 안전하며 질서 있는 이주를 촉진하기 위해 한국을 포함한 166개 회원국들에 다양한 서비스와 정책 조언을 제공하고 있습니다.

**     다른 말로는 '생태학적 난민', '환경 난민'이라고도 하고, 유엔난민기구는 좀 더 정확하게 '기후 변화로 인한 강제 실향민'이라고 부르고 있습니다.

***    세계시민주의世界市民主義 Cosmopolitanism는 지성을 가진 인간 개인이 특정한 한 가지 사회 내부에서 공유된 가치관을 전면적으로 탈피하여 범세계적으로 통용되는 가치관을 따르고 각 개인별 차이를 인정하는 것을 주장하는 것을 말합니다.

하는 마음의 표현이겠지요. 인식과 연대, 공감의 폭을 넓힘으로써 서로 다른 문화 속 사람들의 입장을 헤아리고 수용하는 태도가 세계 시민 의식을 함양하는 가장 중요한 방법이 아닐까요?

## 공감을 위한 질문

**Q1** 유럽에서는 난민 수용 문제로 인해 많은 논란이 있습니다. 우리나라 역시 지금은 난민 수용 문제를 깊이 생각해보아야 할 시기입니다. 그렇다면 여러분은 난민 수용에 대해 어떻게 생각하나요?

> **가이드** '난민'에 대한 개념을 다시 생각해보고 난민 수용에 대한 자신의 의견을 구체적으로 정리해 보세요.

**Q2** 내가 만약 난민이 되어 낯선 나라에서 적응을 하며 살아가야 한다면 어떤 어려움이 있을까요?

> **가이드** 난민의 실제 경험담에 대한 자료를 찾아보고, 난민이 직면한 도전과 역경을 공감해 보세요.

**Q3** 세계에는 다양한 언어, 종교, 문화가 공존합니다. 이렇듯 다른 문화속에서 편견 없이 서로를 이해하기 위한 방법은 무엇일까요?

> **가이드** 자신이 가지고 있는 선입견이나 편견을 인식하고 상대의 입장에서 생각해 보세요.

# 난민과 다른 용어들

## 난민

난민은 주로 갑작스럽게 일어난 전쟁이나 폭력, 박해를 피해 고국을 떠나야 했던 사람들입니다. 이들은 고국이 다시 안전해지지 않으면 돌아갈 수 없습니다. 정부나 유엔난민기구와 같은 공식 기관은 단순한 염려가 아닌, 충분한 근거가 있는 두려움으로 인해 국제적 보호를 원하는 사람을 난민의 정의를 충족한다고 판단합니다. 난민 지위를 얻은 사람들은 국제법과 규약에 따라 보호받으며, 국제 구조위원회를 비롯한 원조 기구로부터 구호 지원받습니다.

## 망명 신청자

망명 신청자는 자신의 본국에서 발생한 위험으로 인해 국제적 보호를 요청하고 법적으로 난민 지위가 결정되지 않은 사람입니다. 망명 신청자는 목적지 국가에서 보호를 신청해야 합니다. 즉, 보호를 신청하려면 국경에 도착하거나 국경을 건너야 합니다.

그런 다음 난민 보호 대상 기준을 충족한다는 것을 당국에 증명할 수 있어야 합니다. 모든 망명 신청자가 난민으로 인정되는 것은 아닙니다.

중미 지역의 수만 명의 어린이와 가족이 여성에 대한 살인, 납치, 폭력과 갱단의 강제 징집 등 극도의 위험을 피해 달아났습니다. 이렇게 미국 국경에 도착하는 사람을 '불법 이민자'로 묘사되고 있지만, 실제로 망명을 위해 국경을 넘는 것은 불법

이 아니며 미국법과 국제법에 따라 망명 신청자의 사례를 심리해야 합니다.

## 이민자

이민자는 고국을 떠나기로 의식적인 결정을 내린 후 정착할 의도를 가지고 외국으로 이주한 사람을 말합니다. 이민자가 새로운 국가로 이민을 오려면 기나긴 심사 절차를 거쳐야 합니다. 많은 사람이 합법적인 영주권자가 되고 최종적으로는 시민권을 취득합니다.

이민자는 자신이 갈 대상 국가를 조사하고, 고용 기회를 탐색하며, 거주할 국가의 언어를 공부합니다. 특히, 원한다면 언제든 자유롭게 본국으로 돌아갈 수 있습니다.

## 이주자

이주자는 국내 또는 국제적으로 여러 지역을 옮겨 다니는 사람입니다. 일반적으로는 계절성 노동 등의 경제적 이유로 옮겨 다니곤 합니다. 이주자는 이민자처럼 더 나은 기회를 찾아서 떠난 사람들입니다.

엘살바도르, 과테말라, 온두라스 등, 중미 국가에서 미국 국경을 넘는 사람들은 대부분 이주자가 아니라 망명 신청자입니다. 이들은 본국으로 돌아가서 박해받을 것이라는 충분한 근거가 있는 두려움을 가지고 있습니다.

# 난민 문제는 전 세계가 함께 풀어가야 할 과제

_ **김장환**(청운중학교 1학년)

장 지글러의 『인간 섬』에서는 제가 전혀 예상하지 못했던 난민들의 비참한 삶을 볼 수 있었습니다. 나라에 전쟁이 터지면 무조건 그 국민이 인접 국가로 조건 없이 피난을 갈 수 있을 거라고 생각했습니다. 하지만 이 글에 기록되어 있는 난민들의 비참하고 고통스러운 삶은 전혀 생각지 못했던 내용이었습니다.

이 글을 읽으면서 가장 기억에 남는 내용은 '난민이 아닌 난민들'과 '먹을 수 없는 식사'였습니다. '난민이 아닌 난민들'에서 난민에 대한 특수 혜택을 주는 법. 즉 망명권을 적용하긴 했지만 이를 받아들이는 기관에서는 이를 거절하였다고 합니다. 자신들에게 이익이 오지 않는데 왜 굳이 도와주어야 하냐는 이유 때문인데요. 저는 이 부분을 읽으면서 극단적인 상황에 놓인 난민을 생각하는 것이 아니라, 자신의 이익을 챙기려는 특권층의 태도를 이해할 수 없었습니다. 그리고 저는 사람들에게는 먹는 것이 가장 중요하다고 생각하는데, '먹을 수 없는 식사'를 읽고 나서 기본적인 인권조차 존중받지 못하는 난민의 상황이 너무 안타까웠습니다.

장지글러의 『인간 섬』을 읽고 난 후에야 난민이 근본적인 인간으로서 존엄성을 인정받지 못하고 있다는 사실을 알게 되었습니다. 우리는 매체를 통해서 종종 전쟁이나 재난에 대한 소식을 듣지만, 실제 그 사람들의 고통스러운 생활을 생각하지 못할 뿐만 아니라 그들의 마음조차 공감할 수 없었던 것 같습니다. 이 책은 그런 난민들의 비참한 삶을 생생하게 전달해 주어, 그들의 상황에 대해 아주 조금 이해하고 공감할 수 있었습니다. 그 경험을 직접 하지 못한 사람들은 결코 그들을 깊게 공감한다고 감히 말할 수 없을 것 같습니다. 그래서 더욱더 난민에 대한 공부와 관심이 더 필요하다는 것을 알게 되었습니다.

무엇보다 우리는 모두 서로 연결되어 있으며, 누군가의 아픔에 관심을 가지고 도와줄 수 있는 존재라는 것을 잊지 말아야 할 것 같습니다. 그러기 위해서는 그들의 입장을 공감하려고 노력하고 그러한 일들이 그들만의 문제라기보다는 전 세계가 함께 풀어가야 할 과제일 것입니다.

앞으로도 주변의 어려운 사람들에게 관심을 가지고, 그들과 함께 나누는 삶을 살고 싶습니다.

# 공감을
# 배우는 페이지

*4*

---

**Chapter**

# 책을 읽어서
# 공감 능력을 키우려면?

공감을 연구한 많은 학자는 독서가 공감을 키운다고 말합니다. 사실 독자가 공감하려는 자세를 갖지 않고 책을 읽는 것 자체가 불가능할 지도 모릅니다. 읽는다는 것은 끊임없는 공감하는 과정이라고도 할 수 있으니까요. 그렇다고 해도 독자가 좀 더 적극적으로 읽으려고 노력한다면 더욱 풍성한 공감력을 키울 수 있을 것입니다.

"사람은 그가 읽는 대로 만들어진다."라는 말이 있습니다. 발터 벤야민Walter Benjamin이라는 학자가 한 말이라고 알려져 있지요. 그런데 여기서 '읽는 대로'라는 말이 눈으로 문자를 읽고 뜻을 이해하는 것만을 의미하는 게 아니라는 것은 누구나 알 것입니다. 책 읽기가 독자를 긍정적인 쪽으로 변화시킬 수 있어야 한다는 말입니다. 그렇다면 책을 읽어서 공감 능력을 키우려면 어떻게 읽어야 할까요? 다음은 이 책의 저자들이 청소년들과 공감독서를 하면서 얻은 방법과 절차입니다. 반드시 이 방법대로 해야 하는 것은 아니지만 지속적으로 연습한다면 공감 능력을 키우는데 도움을 받을 수 있을 것입니다.

## 1. 민감하게 느끼기(발견하기)

책을 읽으면서 공감 감수성을 키우는 첫 번째 방법은 '예리한 관심'이라고 할 수 있습니다. 세계적으로 널리 알려진 소설『샬롯의 거미줄』을 예를 들어 보겠습니다. 소설 속에서 윌버는 친구가 없는 자신을 한탄하며 울부짖습니다. 그때 헛간 구석 거미줄에 앉아 있던 샬롯이 윌버의 친구가 되어 주겠다고 말합니다. 이 장면을 읽을 때 "왜 샬롯은 윌버와 친구가 되기로 했을까?"라는 질문을 던지며 관심을 갖는 것, 그것이 바로 민감성을 키우는 시작입니다. 반대의 경우도 있습니다. 책을 읽는 중에 등장인물이 장애인이나 소수자를 차별하는 발언을 할 때 이를 지나치지 않고 "이러면 안 되는 거 아냐?" 하면서 민감하게 반응할 줄 아는 것입니다.

## 2. 들여다보기(감정 공유하기)

두 번째는 상대방의 감정을 느끼고 공유하는 것입니다. 샬롯이 윌버에게 친구가 되어 주겠다고 한 것은 윌버의 처지와 슬픔, 외로움에 감정이입을 했기 때문입니다. 샬롯은 헛간에서 함께 지내는 동료인 윌버의 감정에 귀를 기울였고 윌버의 감정을 공유하였기에 친구가 되어주기로 결심한 것입니다. 샬롯의 이런 행동을 통해 공감이란 자기 가까이에 있는 사람들의 감정에 민감하게 반응하고 함께 느끼려는 감수성이라는 점을 배울 수 있을 것입니다.

## 3. 공감적 추론과 상상(깊은 이해)

공감적 추론은 책을 읽으면서 인물의 감정에 이입하여 그 감정을 함께 느끼는 것에서 한걸음 더 나아가 행동의 이면에 자리하는 인간의 본성이나 심리적 상태, 그렇게 된 역사성과 문화적 배경 등을 추론함으로써 깊이 이해하는 단계입니다. 예를 들어 『샬롯의 거미줄』에서 윌버는 샬롯이 잔인하게 곤충을 사냥하는 모습을 보며 자신과는 너무나 다른 샬롯과 과연 친구가 될 수 있을지 모르겠다고 생각합니다. 그랬던 윌버는 샬롯과 친해지면서 차츰 샬롯의 생물학적 특징이나 영리함 등을 이해하게 됩니다.

이 소설에 나오는 쥐, 템플턴 역시 독자의 미움을 받는 대상입니다. 템플턴은 항상 자기 이익만을 우선시하고 이기적으로 굴며 심지어 다른 동물의 행동을 비웃고 조롱하는 캐릭터입니다. 하지만 이런 템플턴의 행동 배경을 자세히 살펴보면 템플턴이 헛간의 다른 동물과는 다른 입장에 처해 있음을 알 수 있습니다. 가축으로 길러지는 돼지나 양, 오리와 달리 쥐는 스스로 먹이를 구해야 하는 데다 늘 죽임을 당할 수 있는 절박하고 위험한 상황에서 살아갑니다. 그렇기 때문에 템플턴은 유난히 먹이를 얻고자 하는 집착이 강할 수밖에 없고 그러한 습성 때문에 이기적인 캐릭터가 되어 버린 것입니다.

우리는 템플턴과 같은 인물의 행동에 동의하지 않더라도 그가 왜 그렇게 되어버렸는지 그 배경을 이해할 수는 있습니다. 이렇듯 공감이란 나와 다른 생각이나 행동을 하는 사람에게 동조하지는 않지만, 이해는 할 수 있으며, 그리하여 적절히 대처하는 방법을 생각할 수 있는 것이라고 할 수 있습니다.

## 4. 표현하기(공감의 실천)

공감은 결국 실천을 통해 이뤄집니다. 추론과 상상을 통해 상대방의 행동을 이해했다면 상대방을 돕는 방법을 생각해 내고 그것을 표현하는 것이지요. 샬롯이 윌버에게 어떻게 공감을 실천하였는지를 보면 잘 알 수 있습니다. 샬롯은 사람들에게 잡아먹힐 지 모른다고 불안해하는 월버를 안심시키며 기발한 아이디어를 생각해 냅니다. 샬롯은 헛간의 동물들과 협력하여 거미줄에 글자를 새기고, 사람들이 그것을 신의 계시로 받아들이도록 유도합니다. 어떻게 해야 사람들의 마음을 움직일 수 있는지를 알고 있었던 것입니다. 이렇게 하여 샬롯이 행한 공감의 실천이 월버의 생명을 살렸습니다.

**공감 능력을 키우는 독서의 과정**

### 민감하게 느끼기(발견하기)

- 관심 갖기(모두의 문제이다)
- 인류애, 박애
- 이웃의 고통에 대한 민감성, 감수성
- 인권의식, 편견, 차별의 문제점 인식하기

### 들여다보기(감정 공유하기)

- 상대방의 상황과 처지 알아보기
- 당사자의 감정 알아보기, 감정이입
- 상대방의 감정을 느끼도록 노력하기

### 공감적 추론과 상상(깊은 이해)

- 문화적 배경 이해
- 깊이 생각해 보기(인간의 본성, 심리적 이해, 살아온 스토리 등)
- 세상의 잘못에 내가 관여되어 있다는 자각
- 거대한 그물망으로 구조화된 세계에 대한 이해(사회과학적 지식들과 지성)

### 표현하기(공감의 실천)

- 해결방법 탐색하기
- 말 걸기(공감적 표현)
- 대화하기(토론), 연대하기(참여), 글쓰기(알리기)

# 교도소 독서모임은
# 성공했을까?

자밀 자키의 『공감은 지능이다』에는 문학작품이 공감 능력으로 이어진다는 것을 실험 사례를 통해 잘 알려줍니다. 교도소 죄수들을 대상으로 '문학을 통한 삶의 변화'라는 프로그램을 진행한 두 사람의 사례가 그것입니다. 한 명은 영문학 교수로, 그는 문학의 가치를 외면하는 기술 전공자들을 보면서 문학이 삶에 변화를 일으킬 힘이 있다는 점을 증명하고 싶었습니다. 다른 한 명은 지방법원 판사로 똑같은 사람들이 똑같은 죄목으로 계속해서 판사석 앞에 불리어오는 것을 지켜보면서 이들을 도울 만한 출구를 찾아야겠다고 생각했습니다. 사법통계국에 따르면 2005년에 석방된 수감자 40만 명 중에 2008년까지 그중 3분의 2가 다시 체포되었습니다. 많은 죄수들은 일단 사법제도 안에 들어서면 좀처럼 거기서 빠져나가지 못합니다.

오랜 친구인 두 사람은 죄수들과 함께 독서 모임을 해보자고 약속합니다. 죄수들이 독서 모임에 참가하는 데 동의하고 성실하게 참여할 경우 그들의 형량을 줄여주자는 것이었습니다. 독서 모임에 들어갈 수 있는 조건으로 일단 전과가 많고 재범 위험이 높은 사람을 뽑았습니다. 그렇게 뽑힌 사람들은 글은 읽을 수 있었으나 소설을 읽어보거나 대학에 가본 적이 없는 이들이 다수였습니다. 독서 모임은 2주에 한 번씩 대학교 세미나실에 열렸으며, 그 자리에는 판사와 보호 감찰관도 함께했습니다. 두 사람이 이 일을 벌이자 대학 당국은 캠퍼스에 범죄자들을 데려왔다고 불평했고, 주 행정당국자들은 일부 죄수들에게 무료 교육을 제공하는 것은 공평하지 않다고 불평했습니다. 만약 한 명이라도 사회에 주목을 끄는 방식으로 다시 범죄를 저지른다면 문제가 되어 프로그램은 성공하지 못할 게 빤한 상황이었습니다.

첫 모임의 참가자는 8명으로 대부분 폭력 범죄 전과자였습니다. 그들은 폭력 범죄를 저지른 십대 세 명이 등장하는 단편소설을 읽어 온 후 대화를 나누었습니다. 다소 어색한 첫날이었지만 한 학생이 모임을 마치고 나가면서 "이 소설은 꼭 내 이야기 같네요."라고 말하여 진행자들에게 어떤 희망을 던져주었습니다. 비록 학생들은 자신의 이야기를 하지는 않았지만, 이야기의 등장인물들이 그들에게 자신을 바라볼 새로운 렌즈를 제공해 주는 것은 분명했습니다. 모임에 온 학생들 대부분은 거의 평생을 '나쁜 놈'

소리를 듣고 살았고, 나쁜 놈이 아닌 존재가 될 기회는 좀처럼 가져 본 적이 없었습니다. 하지만 소설은 모든 범죄의 표면 아래에는 결함이 있지만 여전히 존엄성을 지닌 사람이 존재한다는 사실을 드러내 줌으로써 학생들의 내면을 흔들기 시작합니다.

특히 이 모임이 특별한 점은 그들을 재판한 판사가 함께 했다는 점입니다. 검고 긴 법복을 입고 자신들을 내려다보던 남자, 그들을 무가치한 존재로 낙인찍은 체제를 대표하는 인물인 판사가 함께 책을 읽고 자신의 해석을 그들과 공유한 것입니다. 더 중요한 점은 판사가 학생들의 말에 귀를 기울이고 인물에 대한 그들의 감정에 반응하고, 그들의 말을 듣고 질문을 던졌다는 점입니다. 이렇게 판사와 죄수들이 동등한 입장에서 고통과 상실과 사랑에 관해 이야기를 나누는 '생경한' 경험을 한 것 자체가 모두에게 놀라운 광경이었습니다.

이렇게 꾸준히 이어진 독서모임은 기대한 대로 재범률을 줄이는 효과를 가져왔습니다. 모임에 참가한 죄수들은 모임에 참가하지 않은 범죄자들에게 비해 재범률이 절반 이상 줄었으며, 재범을 저지른 경우에도 경미한 범죄를 저지른 경우가 많았습니다. 이런 성공 이후 많은 교도소에서 '삶의 변화를 위한 독서 모임'이 진행되었고, 판사들 중에서도 문학의 효용성을 연구하는 사람들이 늘었으며, 이를 계기로 브라질과 이탈리아에서도 수감자들이 책 한 권을 읽어올 때마다 형량을 3~5일 줄이는 제도가 시행되고 있습니다. 물론 교도소 내 독서모임이 미국 전역에서 실시되고 있는 것은 아닙니다.

# 우리는 왜 집단주의에 쉽게 빠지고 열광할까?

인류는 전쟁이 없는 시대가 없었을 정도로 집단 간 대립과 투쟁이 반복되어 왔습니다. 장대익 교수의 『공감의 반경』에는 1932년 10월 30일 아인슈타인이 독일의 정신분석학자 프로이트에게 편지를 보낸 내용이 나옵니다. 아인슈타인은 편지에서 "과연 인간은 전쟁의 굴레에서 벗어날 수 있을까요?"라고 묻습니다. 이에 대해 프로이트는 인간의 본능은 보존과 통합을 추구하는 에로스적 본능과 파괴와 공격을 추구하는 공격 본능이 있다고 말하면서, "전쟁을 극복하는 길은 인간의 공격 본능을 전쟁으로 발산하지 못하도록 방향을 다른 데로 돌리는 데 있다."라고 답합니다.

과연 프로이트의 말대로 인류가 전쟁에서 벗어나려면 공격 본능을 다른 방향으로 돌리는 방법밖에 없는 것일까요? 경쟁과 대립을 일으키는 집단성의 극복은 요원한 것일까요? 2022년 카타르 월드컵에서 느꼈듯이 우리 인류는 21세기인 지금도 여전히 부족, 민족, 국가와 같은 집단성에 쉽게 매몰되고 흥분합니다.

『공감의 반경』에는 인간의 이런 특성을 보여주는 특별한 실험이 소개되어 있습니다. 1954년 여름, 미국의 사회심리학자 무자퍼 셰리퍼는 오클라호마에 있는 보이스카우트 캠프에 심신이 건강한 소년 22명(평균 12세)을 초대합니다. 그는 아이들을 무작위로 두 집단으로 나눕니다. 독수리 팀과 방울뱀 팀입니다. 각 팀은 첫 주에는 서로 떨어진 장소에서 함께 식사하고 운동을 했는데 그러는 동안 집단 내에 강한 응집력이 생겼습니다.

둘째 주는 두 팀 간에 경쟁을 조장했습니다. 줄다리기, 축구, 야구 경기를 시키고 이긴 팀에만 상품을 주었습니다. 또 파티장에 먼저 도착하는 팀에게만 맛있는 음식을 주기로 했는데, 무자퍼 셰리퍼는 일부러 독수리 팀이 일찍 도착할 수밖에 없도록 일정을 짰습니다. 이 때문에 늦게 도착한 방울뱀 팀들은 볼품없는 음식을 보고 상대 팀을 욕하기 시작했고, 결국 두 팀은 음식을 집어 던지고 치고받고 싸울 지경에 이르렀습니다. 집단 간 갈등에 관한 고전적인 연구로 널리 알려진 이 사례의 핵심은 집단을 만든 방식에 있습니다. 연구자들이 각 팀의 구성원을 임의로 배정했을 뿐인데도 아이들은 집단에 소속되는 순간 상대 팀을 적대적으로 보고 욕하며 강한 집단성을 보였습니다. 아이들은 자신이 속한 집단성에 아주 쉽게 동조하고 충성하였습니다.

이 실험이 보여주었듯이 이런 집단성은 부정적인 감정을 순식간에 흡수하고 전염시킵니다. 지난 몇 년 간의 코로나 위기가 드러낸 것처럼 전염병에 대한 공포가 너무 큰 나머지 사람들은 자신과 다른 집단, 노인들, 외국인들, 심지어 살이 찐 사람들에게까지 적대감을 표출하기도 했습니다. 다른 집단에 속해 있다는 이유만으로도 부정적인 감정을 일으킨 것입니다. 글쓴이 장대익 교수는 이런 부정적 감정의 집단 현상을 '이모데믹emotion+epidemic'이라고 부릅니다.

글쓴이는 이런 이모데믹을 극복하는 최고 면역법은 다양성 추구라고 말합니다. 이럴 때일수록 이성을 활용해 '역지사지'를 하고 정서적으로 '감정이입'을 함으로써 혐오에서 공감으로 나아갈 수 있다는 것입니다. 진화생물학자로서 그가 본 인류는 직접 눈앞에서 보거나 만나지 않아도 상상만으로도 타인의 고통을 느낄 수 있는 종입니다. 사람들은 뉴스를 보고, 다큐를 볼 때, 또 책을 읽으면서 타인의 아픔에 공감하고 도울 수 있습니다.

# 공감 행동을 담당하는
# 뇌의 '중격부'

심리학과 정신의학, 생물행동과학을 전공한 매튜 D. 리버먼은
『사회적 뇌』라는 책에서 인간의 뇌에서 공감이 산출되는 심리적
과정을 마음 읽기, 정서적 일치, 공감적 동기 이렇게 세 단계로 설
명합니다.

먼저 마음 읽기는 '거울 뉴런' 연구를 통해 밝혀졌듯이 타인의
행동을 보고 우리 뇌가 '공감을 위한 시동'을 거는 상태를 말합니
다. 타인이 고통스런 표정을 지으면 우리의 뇌도 여기에 반응하
고 동시에 우리의 얼굴 근육도 그 타인의 표정을 미세하게나마
흉내를 냅니다. 다시 말해 다른 사람의 정서적 표현을 볼 때 모방
반응이 일어나는 것은 다른 사람의 경험과 상태를 즉각적으로 이
해하는 데에 도움을 줍니다.

그런데 글쓴이는 이렇게 타인의 정서적 표현을 보는 것만으로 언제나 그 사람의 경험을 충분히 이해하고 공감을 느낄 수 있는 것은 아니라고 말합니다. 예를 들어 우리 눈앞에서 밝게 웃고 있는 사람을 보더라도 그가 왜 그런 감정을 느끼는지 모른다면 그 감정에 전적으로 공감하기는 쉽지 않습니다. 그래서 우리에게는 '심리화 체계'라는 것이 필요합니다.

이러한 심리화 체계는 소설을 즐겨 읽으며 허구적 인물의 마음을 이해하는 능력과 비슷합니다. 그렇지만 저자는 이러한 모방과 심리화 체계, 즉 마음 읽기만으로는 진정한 공감에 이르기엔 부족할 수 있다고 말합니다. 자칫하면 독재자에게 감화되거나 독재자의 행위에서 통쾌함을 느낄 수도 있다는 것이지요.

저자가 공감 산출의 두 번째 단계로 제시하는 것은 '정서적 일치'입니다. 이것은 타인의 고통스런 감정과 나의 감정이 일치되는 경험입니다. 이런 상태는 타인의 고통스런 감정에 대한 순수한 공감에서 비롯된 경우도 있지만, 현재 자신의 괴로운 상태에서 벗어나고자 한 행동일 수도 있습니다. 즉 타인의 고통을 덜어주려는 것보다 자신의 괴로움, 죄책감을 덜어내려는 의도에서 나온 행동인 것입니다. 일종의 '회피 행동'인 것입니다. 하지만 저자도 동의했듯이 타인의 고통에 대한 이런 반응이 타인의 고통 그 자체에 초점을 둔 것인지 자신의 내적 감정에 더 몰입한 '회피 행동'의 결과인지에 대해 명확하게 밝혀내기는 힘듭니다.

공감 산출의 세 번째 단계인 '공감적 동기'는 정서적 일치가 어떻게 직접적으로 타인을 돕는 행위로 이어지는가에 대한 탐구입니다. 이와 관련하여 저자는 타인의 감정을 모방하고, 이해하여 정서적으로 일치된 상태에서 타인을 돕는 행위로 이어지는 과정에 관여하는 뇌의 영역은 뇌의 중간 부분에 있는 '중격부'라고 말합니다. 여러 실험을 통해 보았을 때, 중격부는 외부의 위협에 대한 반응으로 생기는 스트레스를 약화시키는 작용을 하거나, 어미의 보살핌 행동에 결정적 역할을 하는 영역입니다.

여러 동물들을 대상으로 한 외상 연구에 따르면 중격부가 손상된 동물들은 가혹한 어미처럼 행동합니다. 이런 동물들은 새끼를 보호하기 위한 보금자리를 만들지도 않고 젖도 덜 주는데, 따라서 이런 동물들의 새끼 사망률은 다른 집단에 비해 훨씬 높았습니다. 결론적으로 이 '중격부'는 타인에 대한 적극적 보살핌을 촉진하는 방향으로 우리의 접근 동기와 회피 동기 사이에서 균형추를 이동시키는 역할을 한다고 말하고 있습니다. 이 중격부가 공포심을 진정시키고 어려움에 처한 상대를 도우려는 동기를 증가시키는 역할을 하는 것입니다.

# 공감의 동기를 높여주는
# 정서 명명하기

앞에서 소개한 책 『사회적 뇌』에서 매튜 D. 리버먼은 우리가 타인의 감정을 모방하고, 이해하여 정서적으로 일치된 상태에서 타인을 돕는 행위로 이어지는 과정에 관여하는 뇌의 영역은 뇌의 중간 부분에 있는 '중격부'라고 하였습니다. 이 중격부에 대해 더 설명해 보겠습니다.

중격부는 공포심을 진정시키고 어려움에 처한 상대를 도우려는 동기를 증가시키는 역할을 담당한다고 했는데, 이 '중격부'에 돌봄의 신경펩티드인 옥시토신이 가장 높은 밀집도를 보이는 것도 그런 이유입니다. 그리고 이 밀집도는 어릴 적에 어미의 돌봄을 얼마나 많이 받았느냐에 따라 달라진다고 합니다.

그렇다면 글쓴이가 말하는 중격부의 활성화, 즉 '공감의 신경

매커니즘 작동'을 위해서 어떤 노력이 필요할까요? 이에 대한 답으로 상당히 유익한 해답은 '정서 명명하기'입니다. 글쓴이는 느낌을 말로 표현하는 것은 어마어마한 정화 효과를 발휘할 수 있으며 다양한 심리치료의 기초가 된다고 말합니다. 느낌을 말로 표현할 수 있거나 단순히 그것에 이름을 붙일 수만 있어도 우리의 감정은 훌륭히 조절될 수 있으며, 자신도 모르는 사이에 우리의 정신적 신체적 안녕이 증진될 수 있다는 것입니다. 자신의 감정을 잘 기술할 수 있는 미취학 아동들은 그렇지 않은 아동들에 비해 감정의 폭발이 적으며 나중에 학교 성적도 더 좋고 친구들 사이에서도 더 인기가 있었습니다.

불안을 글로 쓰거나 감정을 기술하게 하면 스트레스가 줄어들고, 심지어 불쾌한 사진을 보더라도 그것의 정서적 측면을 적절히 명명할 수 있으면 그 사진을 볼 때 생기는 스트레스가 줄어든다고 합니다. 예를 들어 거미 공포증이 있는 사람을 대상으로 세 가지 실험을 해보았습니다. 첫 번째는 우리에 갇힌 거미를 두어 걸음 떨어져서 직접 보는 것을 반복하는 것이고, 두 번째는 실제 거미를 보면서 "이렇게 작은 거미를 보는 것이 저에게 실제로 위험하지 않네요." 라고 자신의 생각을 말로 표현합니다. 세 번째는 거미를 볼 때마다 "징그러운 거미가 저에게 달려들 것 같아 불안해요."라고 말했습니다.

이 실험의 결과 세 번째의 경우, 즉 '불안하다'는 감정을 입 밖으로 표출한 사람일수록 스트레스에 덜 노출되는 것으로 나타났습니다. 다시 말해 자신이 느낀 감정이나 정서를 단어나 문장으로 명명한 경우가 가장 효과적이었습니다. 또한 주목할 점은 사람들이 스트레스를 유발할 수 있는 상황에서 명명한 정서가 부정적인 것일수록 더 효과가 좋았다는 것입니다.

지금까지 저자가 설명한 것을 정리해 보면, 공감은 우리 인간의 사회인지적 성취들 가운데 최고의 것입니다. 공감은 우리로 하여금 타인의 정서적인 내면 세계를 이해하고 타인과 우리의 관계를 이로운 방향으로 이끌도록 유도합니다. 공감은 타인의 고통을 감소시키고 타인의 행복을 함께 축하하려는 동기를 제공합니다. 이런 놀라운 일이 가능하려면 타인을 관찰하고 모방하려는 노력, 타인의 감정을 읽어내는 노력이 필요합니다. 그리고 나아가 타인의 감정과 정서적 일치를 느끼고, 사심 없이 도움을 주기 위해서는 자신의 느낌과 감정을 말로 표현하는 연습이 좋습니다.

# 사이코패스도 공감 능력이
# 향상될 수 있을까?

자밀 자키의 『공감은 지능이다』에 다음과 같은 내용이 나옵니다.

뇌 과학자 크리스천 키저스Christian Keysers와 그의 동료들은 네덜란드 곳곳의 교도소를 찾아다니며 수감자들에게 고통받는 사람들의 사진을 보여 주었습니다. 그런 다음 그들은 사이코패스 범죄자와 사이코패스가 아닌 범죄자들의 뇌를 스캔했습니다. 예상한 대로 사이코패스 범죄자들은 다른 사람의 감정에 반응하는 '거울세포' 즉 '미러링'이 반응을 보이지 않았습니다. 이런 결과는 자칫 사이코패스의 뇌에는 공감 영역이 없으므로 공감을 가르쳐 봐야 소용없다는 결론으로 이어질 수 있었습니다.

하지만 키저스 연구팀은 다른 버전으로 다시 실험을 했습니다. 이번에는 사이코패스들에게 자신들로 인해 피해를 입은 사람들의 고통을 최선을 다해 상상해 보라고 요청했습니다. 그러자 그들의 뇌는 보통 사람들과 거의 똑같이 고통에 대한 미러링 반응을 보였습니다.

사이코패스들이 피해자의 고통에 대해 같은 감정을 느꼈다면 이들에게 공감훈련을 시켜서 실제로 공감을 실천할 수 있도록 할 수 있을까요? 공감 전문가 자밀 자키는 운동을 통해 근육이 더 강해질 수 있고, 적합한 연습으로 지능을 키우듯이, 공감 지능도 향상시킬 수 있다고 전망합니다. 물론 달리기 한 번으로 심장과 폐가 강화되지 않는 것처럼 공감 훈련도 장기적이고 반복적인 경험이 필요할 것입니다.

다행히 현재 뇌과학자들은 '신경 가소성' 원리에 따라 뇌는 변화될 수 있다고 강조합니다. 독일의 막스 플랑크 연구소 타니아 징거Tania Singer가 이끄는 연구팀은 70명이 넘는 사람들을 모아서 2년 동안 약 300명의 참가자들에게 39주간 '자애 명상'을 하도록 했습니다. 자애 명상은 먼저 자기 자신에 대해 선함을 기원하고, 다음으로는 쉽게 공감할 수 있는 친구와 가족에게, 그 다음에는 모르는 사람과 싫어하는 사람들에게, 마지막으로 모든 살아있는 존재에게 자신의 선의를 펼치는 명상을 하는 훈련입니다.

연구팀은 참가자들에게 짝을 지어 함께 공감 연습을 하도록 했습니다. 서로 감정적인 이야기를 하고 나눔을 하였으며 스마트 앱을 통해 거의 매일 함께 연습을 했습니다. 실험 결과는 놀라웠습니다. 참가자들은 시간이 지날수록 상대방에게 주의를 기울이기가 쉬웠다고 말했으며, 자신의 감정을 더욱 정교한 언어로 표현했고 타인의 감정도 더욱 정확하게 포착했습니다. 그들은 더욱 너그럽게 행동했으며 자신과 많이 다른 사람에 대해서도 그들과 자신이 한 인류로서 공유하는 점을 더 쉽게 인지했습니다. 고통을 겪는 사람을 만났을 때 그들을 돕고자 하는 욕망을 이전보다 더 강하게 느꼈습니다.

더 놀라운 점은 이들의 뇌를 스캔한 결과 공감과 관련된 뇌 부위들의 크기가 더 커졌다는 점입니다. 이렇게 지속적이고 반복적인 공감 연습을 통해 공감 능력을 기를 수 있고 그 과정에서 신체의 생물학적 특징까지 변화를 일으킬 수 있다는 것을 증명해 보인 것입니다.

# 07

# 그들은 왜 목숨을 걸고 유대인을 구했을까?

브라이언 헤어의 『다정한 것이 살아남는다』에는 다음과 같은 내용이 나옵니다.

제2차 세계대전이 발발할 무렵, 안제이 피친스키는 폴란드의 자기 아파트에 유대인 여러 명을 숨겨 살려준 일이 있었습니다. 나치가 침공해 왔을 때 안제이는 독일 회사의 직책을 이용해 유대인 거주 지역으로 들어가 몰래 고아들에게 음식을 나누어 주었습니다. 1941년에는 은신처가 발각되어 두 달 동안 수감되었는데, 교도관들의 가혹 행위로 턱뼈가 부러지기도 했습니다. 감옥에서 나온 뒤에 안제이는 아내와 함께 우크라이나로 탈출해 정제소에서 일하면서 유대인들을 구출했습니다. 나치 친위대가 이들의 활동을 눈치 채자 폴란드로 도망쳤습니다. 그들은 전쟁이 끝날 때까지 유대인들을 도왔다고 합니다.

유대인 학살이 자행되는 동안 유럽인 수천 명이 목숨을 걸고 유대인들을 도왔습니다. 다른 사람들이 나치 편을 들거나 혹은 방관할 때 이들로 하여금 목숨을 걸게 만든 건 무엇일까요? 사회학자 새뮤얼 올리너Samuel Oliner는 아내와 함께 이 시기에 유대인을 구한 수백 명의 증언을 분석했습니다. 그 결과 찾아낸 공통점은 단 하나였습니다. 그들 모두가 전쟁 전에 유대인 이웃이나 친구 혹은 직장 동료와 친하게 지낸 경험이 있었습니다.

흔히 집단 간의 접촉이 갈등을 일으키는 원인이므로 같은 민족이나 피부색을 가진 사람들끼리 어울리는 것이 안정감과 동질감을 느낀다고 하지만, 학자들은 이런 생각이 오히려 집단성을 강화시킬 위험이 있다고 말합니다. 자신과 같은 집단끼리만 지내다 보면 타 집단에 대해 불안감이 커지고 배타적 감정이 높아진다는 것입니다.

그래서 집단 간 갈등을 감소시킬 수 있는 유일한 방법은 '접촉'이라고 말합니다. 학교나 군대에서도 인종 간 접촉이 많아질수록 인종차별이 적었습니다. 제2차 세계대전이 끝난 1940년대 중반 미국에서는 주택 공급 부족으로 인해서 불가피하게 주거지 인종통합이 이루어졌습니다. 이웃의 흑인들과 우호적인 대화를 나눈 백인 여성들은 흑인 주민들에게 더 호감을 갖게 되었고 인종통합 주택을 더 지지하게 되었습니다. 뿐만 아니라 그들 백인 중에 인종분리 정책을 지지하는 사람은 5퍼센트뿐이었습니다.

직접적인 접촉이 아닌 책이나 드라마, 영화를 통한 접촉 경험도 갈등을 줄입니다. 『톰아저씨의 오두막』이 노예제 폐지 운동에 영향을 주었듯이 장애인을 다룬 드라마나 다큐멘터리, 영화 등을 통해 사람들을 다른 집단에 대한 공감을 키울 수 있습니다. 가장 배타적이고 고정관념이 강한 사람일수록 '접촉'을 통해 사고의 변화를 가져올 가능성이 높을 것입니다.